August Strindberg
CUENTOS

August Strindberg

CUENTOS

Ilustraciones de
Thorsten Schonberg

Traducción de
Francisco J. Uriz

Nørdicalibros
2012

Título original: *Sagor*

© De las ilustraciones: Thorsten Schonberg
© De la traducción: Francisco J. Uriz
© De esta edición: Nórdica Libros, S.L.
C/ Fuerte de Navidad, 11, 1.º B
28044 Madrid
Tlf: (+34) 915 092 535
info@nordicalibros.com
Primera edición: febrero de 2012
ISBN: 978-84-92683-85-7
BIC: FX
Depósito Legal: M-4.470–2012
Impreso en España / *Printed in Spain*
Gráficas EFCA
Torrejón de Ardoz

Diseño de colección
y maquetación: Diego Moreno
Corrección ortotipográfica: Ana Patrón
y Susana Rodríguez

Cualquier forma de reproducción, distribución, comunicación pública o transformación de esta obra solo puede ser realizada con la autorización de sus titulares, salvo excepción prevista por la ley. Diríjase a CEDRO (Centro Español de Derechos Reprográficos, www.cedro.org) si necesita fotocopiar o escanear algún fragmento de esta obra.

EN TIEMPO DE VERANO

En la época de San Juan, cuando en los parajes del Norte la tierra parece una novia, cuando el suelo se regocija, cuando la fuente aún mana, cuando las flores de la pradera se yerguen rectas y los pájaros trinan, fue entonces cuando la paloma salió del bosque y vino a posarse delante de la casa donde la nonagenaria madre yacía en la cama.

La vieja llevaba veinte años en cama y, por la ventana, podía ver todo lo que pasaba en la granja que cultivaban sus dos hijos. Pero ella veía el mundo y a las gentes a su manera particular, porque los cristales de las ventanas eran de todos los colores del arco iris; no necesitaba más que mover un poquito la cabeza para ver todo en rojo, amarillo, verde, azul y violeta. Si se trataba de un día de invierno en el que los árboles estaban cubiertos de escarcha como si llevaran hojas de plata, movía un poco la cabeza en la almohada y los árboles devenían verdes; era verano, los campos devenían dorados, el cielo azul; aunque fuese gris en sí mismo. De esa manera ella creía tener poderes mágicos, y nunca se aburría. Pero los cristales tenían otra virtud: al estar combados, lo que estaba fuera se veía unas veces agrandado y otras disminuido.

Así que cuando el hijo mayor llegaba a casa de mal humor, gritando, la madre lo deseaba de nuevo pequeño y bueno, e inmediatamente lo veía pequeño. O cuando los nietos correteaban por fuera y ella pensaba en su futuro, entonces —un, dos, tres—, entraban en el cristal de aumento y los veía adultos, personas grandes, verdaderos gigantes.

Pero cuando llegaba el verano, ella hacía abrir las ventanas de par en par; porque la belleza que había fuera no la podían reproducir los cristales. Y fue entonces, en la víspera de San Juan, cuando más hermoso estaba todo y ella yacía tumbada mirando la pradera y los campos, cuando la paloma se puso a cantar. Cantaba la historia de Cristo y la alegría y el esplendor que reinan en el cielo y, con su dulce canto, daba la bienvenida a todos aquellos que estaban abatidos bajo sus cargas y hartos de las penas de esta vida.

La anciana la oyó, pero rechazó la invitación dando las gracias, porque la tierra estaba tan hermosa como el mismo cielo y no deseaba nada mejor.

Entonces la paloma voló a través del prado, hasta un bosquecillo donde había un campesino cavando un pozo. Se encontraba hundido en la tierra, a tres varas de la superficie, exactamente como si fuese su tumba.

La paloma se posó en la rama de un abeto y cantó las delicias del paraíso, segura de que el hombre, hundido en la tierra, sin ver el cielo, el mar o el prado, desearía estar allí.

—No —dijo el campesino—, primero tengo que terminar de cavar el pozo, porque si no mi inquilina, la veraneante, no tendrá agua, y entonces la pequeña y desgraciada dama se irá con su hijita.

La paloma voló hasta la ribera donde el hermano del campesino estaba sacando la red; y se posó en el cañaveral a cantar.

—No —dijo el hermano del campesino—, tengo que conseguir comida para la familia, si no los niños gritan de hambre. ¡Después, después! ¡Más tarde! ¡Ya habrá tiempo para el cielo! ¡Primero la vida, después la muerte!

La paloma voló hasta la casa donde vivía en el verano la pequeña dama desgraciada. Estaba sentada en la veranda, cosiendo a máquina. Su rostro era de una blancura deslumbrante bajo el sombrero de fieltro rojo que, como una amapola, coronaba su pelo negro, negro como un crespón de luto. Estaba cosiéndole un precioso delantal a su hija para que lo llevase el día de San Juan, y la niña estaba sentada a sus pies, recortando los trozos de tela que le daba la madre.

—¿Por qué no vuelve papá a casa? —preguntó la pequeña.

Era esa la difícil pregunta que la joven madre no podía contestar, y probablemente tampoco el padre, que en tierras lejanas arrastraba su pena, el doble de grande que la de la madre.

La máquina de coser iba mal, pero cosía y cosía; tantas puntadas como puede aguantar un corazón humano, justo antes de desangrarse; y cada puntada fijaba el hilo con más firmeza —¡qué raro!

—¡Hoy quiero ir al pueblo, mamá!, y quiero ver el sol; aquí todo es muy oscuro.

—¡Esta tarde irás al sol, hijita querida!

En realidad, allí reinaba la oscuridad, entre las altas rocas de aquella ribera de la isla, y además la casa estaba rodeada de abetos negros que ocultaban la vista, incluso hacia el mar.

—Y quiero que me compres muchos juguetes, mamá.

—¡Hija mía, tenemos muy poco con que comprar! —contestó la madre inclinando aún más la cabeza hacia el pecho.

Y esa era la verdad, porque el bienestar se había trocado en dificultades: no tenían criados ese verano y la madre tenía que hacer todo ella sola.

Pero, al ver la triste mirada de la hija, la subió a sus rodillas.

—¡Dale un abrazo a mamá! —dijo.

La niña lo hizo.

—¡Dale ahora un beso a mamá!

Y se lo dio una boquita medio abierta como el pico de un pajarillo y, cuando la madre recibió la mirada de aquellos ojos azules como la flor del lino, su bello rostro resplandeció con la inocencia de la hija y pareció también una niña feliz a la luz del sol.

—Aquí no voy a cantar las glorias del paraíso —pensó la paloma—, pero si las puedo ayudar, lo haré.

Y se fue volando al Pueblo del Sol, donde tenía tarea.

Llegó la tarde; la pequeña señora se echó la cesta al brazo y le dio la mano a la niña para emprender camino. No había estado nunca en el pueblo, pero sabía que estaba en la parte de poniente, al otro lado de la isla; y un campesino le había dicho que debían pasar seis vallas y sus cancelas antes de llegar.

Y se pusieron en camino.

Primero anduvieron por un sendero con piedras y raíces de árboles, y tenía que llevar en brazos a la niña, lo que era bastante pesado. Los médicos le habían desaconsejado a la niña forzar el pie izquierdo, porque lo tenía tan débil que corría peligro de que le creciese torcido.

La joven madre se doblaba bajo su dulce carga, y las gotas de sudor perlaban su rostro porque en el bosque hacía calor.

—Mamá, tengo mucha sed —se quejó la pequeña.

—Hijita querida, ten paciencia, te daré agua cuando lleguemos.

Besó los resecos labios de la pequeña y la niña se echó a reír, olvidando la sed.

Pero el sol quemaba y no corría ni pizca de aire en el bosque.

—Ahora trata de andar un poco —dijo la madre, y bajó a la niña al suelo.

Pero el piececillo se le doblaba y la niña no podía andar.

—¡Estoy tan cansada, mamá! —se lamentó la niña sentándose a llorar.

Pero en la tierra crecían campanillas de color rosa pálido que olían a almendras; y la

niña nunca había visto antes unas florecillas así; y entonces volvió a reír, de manera que la madre se sintió reconfortada y pudo continuar el camino con la niña en brazos.

Ahora estaban ante la primera valla, y la cruzaron y echaron el pestillo con sumo cuidado.

Entonces se oyó un grito, como un poderoso relincho, y un caballo suelto se colocó en mitad del camino relinchando; y su relincho fue contestado en el bosque a derecha e izquierda y todo alrededor, retumbaba el suelo, se partían ramas y rodaban piedras. Y las dos estaban allí solas y abandonadas a su suerte en medio de un grupo de caballos sueltos.

La niña escondió la cabeza en el pecho de la madre y su pequeño corazón latía de angustia como un reloj.

—¡Tengo mucho miedo! —susurró.

—¡Oh, Dios de los cielos, ayúdanos! —imploró la madre.

Entonces se oyó cantar a un mirlo entre los abetos; y qué curioso, en el mismo instante

los caballos se alejaron cada uno en una dirección; y se hizo de nuevo el silencio.

Llegaron a la segunda valla y colocaron el pestillo.

Allí había un campo en barbecho y el sol quemaba con más fuerza que en el bosque. Los tormos de tierra grises estaban alineados en largas filas; pero, llegadas a una pendiente, vieron cómo se movían los terrones: eran los lomos de un rebaño de ovejas.

Las ovejas son animales bondadosos, los corderos en particular, pero el carnero es una bestia con la que no se debe jugar, que gustoso ataca a aquellos que no le han hecho ningún daño. Y se colocó en mitad del camino, saltando la zanja. Agachó la cabeza y fue hacia atrás.

—¡Mamá, tengo mucho miedo! —dijo la niña, y su corazón latía con fuerza.

—Oh, Dios del cielo misericordioso, ayúdanos —suspiró la madre, mirando suplicante hacia la bóveda celeste.

Y allí, aleteando como una mariposa, revoloteaba una pequeña alondra; y cuando em-

pezó a cantar, desapareció el carnero entre los grises terrones.

Luego llegaron a la tercera valla. Allí el suelo empezó a hundirse; se les humedecieron los pies, y es que aquello era una ciénaga. Los montículos parecían pequeñas tumbas con flores blancas, hierba algodonera o junco lanudo; y había que andar con cuidado para no hundirse en el barro. Allí crecían bayas negras, que eran venenosas, y la niña quería cogerlas; pero no la dejó la madre y por eso se entristeció, porque no comprendía lo que significaba venenoso.

Mientras avanzaban, notaron un paño blanco que se movía entre los árboles; se ocultó el sol, y se hizo en torno a ellas una blanca oscuridad que era aterrorizadora.

Y en lo blanco surgió una cabeza con una estrella blanca y dos cuernos torcidos y la cabeza mugió. Y allí aparecieron varias cabezas, muchas, y se acercaban cada vez más.

—Tengo miedo, mamá —susurró la niña—. ¡Tengo mucho miedo!

La madre dio un paso a un lado y se hundió en la ciénaga, entre dos montículos.

—¡Oh, Dios mío, todopoderoso, misericordioso, ten piedad de nosotras! —gritó la madre desde el fondo de su alma.

Y entonces se oyó el viento marino, el poderoso viento marino, pasar a través del bosque; los árboles se doblaban humildemente ante el gran espíritu y un pino joven se inclinó; algo susurraron desde la copa al oído de la infortunada; y cuando ella, con una mano, hubo agarrado una rama, el pino se enderezó sacando a la desesperada del barro.

En ese mismo instante se esfumó la niebla; el sol volvió a brillar, y se encontraron ante la cuarta valla. Y la madre, que había perdido el sombrero, le secó las lágrimas a la niña con sus negros cabellos y, cuando esta respondió, con una sonrisa, resplandeció el pobre corazón materno, olvidó todo el dolor pasado y se vio con nuevas fuerzas para llegar a la quinta valla.

Entonces se le alegró el corazón porque vio las tejas rojas de los tejados y banderas; y a

lo largo del camino crecían arbustos, bola de nieve y escaramujo, de dos en dos, justo como si hubiesen estado enamorados, la blanca bola de nieve y el rosado escaramujo.

La pequeña ya podía andar, y fue recogiendo flores hasta llenar el cesto donde su muñeca Lisa podría dormir la noche de San Juan, envuelta en felices sueños.

Siguieron su camino alegres, de nuevo despreocupadas, porque ya solo les quedaba cruzar un bosquecillo de abedules y habrían llegado. Ahora el camino subía en una pequeña cuesta y, cuando al llegar arriba doblaron a la derecha, se encontraron cara a cara con un toro.

Era imposible huir y, abatida, la madre cayó de rodillas, colocó a la niña delante de ella, inclinó la cabeza, protegiéndola con sus negros cabellos que colgaban como un velo negro, y con los brazos levantados rezó una silenciosa oración. De la frente le caía el sudor de la angustia, como rojas gotas de sangre, hasta el suelo.

—¡Oh, Dios mío —rogó—, llévate mi vida, pero no la de la pequeña!

Entonces se oyó un aleteo en el aire y, cuando levantó la mirada, una paloma blanca volaba hacia el pueblo y el toro ya había desaparecido.

Cuando buscó a su hija con la mirada, la vio sentada en la cuneta recogiendo fresillas silvestres, rojas como gotas de sangre, y entonces comprendió de dónde procedían.

Cruzaron la última valla y caminaron hacia el pueblo.

Allí estaba al sol, a orillas de una bahía verde, bajo grandes tilos y arces; y en una colina se veía la blanca iglesia con el rojo campanario, la casa parroquial con sus lilas, la oficina de correos con sus jazmines, y la del jardinero bajo un gran roble. Todo estaba envuelto en luz; las banderas flameaban; pequeños barcos orlaban riberas y muelles, y se notaba que era la víspera de San Juan.

Pero no encontraron a nadie. Primero iban a ir a la tienda a comprar, y allí la pequeña podría beber.

Cuando llegaron, la tienda estaba cerrada.

—Mamá, tengo mucha sed —se quejaba la niña.

Fueron a correos. Estaba cerrado.

—Mamá, tengo mucha hambre.

La madre estaba muda porque no entendía por qué todo estaba cerrado en un día laborable y por qué no había gente por la calle. Fue a casa

del jardinero. También estaba cerrada y había un perrazo delante de la puerta.

—Mamá, estoy muy cansada.

—También yo, hija mía, pero tenemos que encontrar agua.

Y fueron de casa en casa; pero todo estaba cerrado y la niña no podía andar más, porque su piececillo estaba cansado y cojeaba. Cuando la madre vio su hermosa figurita blanca inclinada, se sintió cansada y se sentó en la cuneta con la hija en las rodillas. Y la pequeña se durmió.

Entonces se oyó cantar una paloma en los lilos, y cantaba las delicias del paraíso y las eternas penas y tribulaciones de la tierra.

Pero la madre miraba a su hija dormida y su carita enmarcada por el gorrito con encajes blancos como pétalos de blanca azucena. Y a ella le parecía tener el reino de los cielos en sus brazos.

Pero la niña se despertó y pidió agua.

La madre permaneció muda.

—Quiero volver a casa, mamá —se quejó la pequeña.

—¿Volver por ese camino espantoso? ¡Nunca! Prefiero tirarme al mar —contestó la madre.

—¡Quiero ir a casa!

La madre se levantó. Había visto a lo lejos abedules jóvenes detrás de una colina; y mientras los contemplaba empezaron a moverse. Entonces comprendió que allí había personas que habían cortado ramas de abedul para la fiesta de San Juan; y dirigió hacia allí sus pasos, hacia donde iba a encontrar agua.

Camino de allí vio una casita rodeada por una valla verde con una cancela blanca: la puerta estaba abierta e invitaba amablemente a entrar. Cruzó la cancela y entró a un jardín con peonías y aguileñas. Entonces se dio cuenta de que las cortinas de las ventanas estaban corridas y de que todas las cortinas eran blancas. Pero arriba, en el desván, había una ventana abierta y entre dos balsaminas salía una mano blanca agitando un pequeño pañuelo blanco, como si estuviese despidiendo a alguien que iba a salir de viaje.

Se acercó al porche y allí vio, en la alta hierba, una corona de mirto verde con rosas

blancas. Pero era demasiado grande para ser una corona de novia.

Entonces llegó al umbral y preguntó si había alguien dentro.

Al no oír respuesta, entró en la casita. En el suelo había, en medio de un bosque de flores, un ataúd negro con patas de plata. Y en el ataúd yacía una chica joven con una corona de novia en la cabeza.

Las paredes estaban hechas de tablones de pino nuevos, simplemente barnizados con aceite, lo que permitía ver todos los nudos. Y los agujeros ovalados de los nudos serrados parecían negras pupilas.

La niña fue la primera que reparó en las extrañas paredes y dijo:

—Mira, mamá, ¡cuántos ojos!

Sí, allí había todo tipo de ojos; grandes y elocuentes, serios; ojos de niños resplandecientes y con una traviesa sonrisa en el rabillo; ojos perversos mostrando mucho de lo blanco; ojos abiertos, vigilantes, que penetraban en el corazón; y allí estaba el gran ojo tierno de madre, que contemplaba amorosamente a la hija muerta; y de ese ojo colgaba una lágrima de resina de pino transparente que los rayos del sol poniente hacían brillar en rojo y verde como un diamante.

—¿Duerme la chica? —preguntó la niña, que acababa de ver a la muerta.

—Sí, duerme.
—Mamá, ¿es una novia?
—Sí, es una novia.

¡La madre la había reconocido! Era la chica que iba a casarse el día de San Juan al regresar el marinero al hogar; pero cuando el marinero le escribió que no podría llegar hasta el otoño, le estalló el corazón, porque ella no quería esperar al otoño, cuando los árboles han perdido el follaje y se desencadenan las tormentas.

Había escuchado el canto de la paloma y lo había comprendido. Cuando ahora la joven madre echó a andar, sabía bien adónde iba.

Dejó la pesada cesta fuera de la verja y cogió a la niña en brazos y dirigió sus pasos hacia el prado más próximo, el que la separaba de la ribera. Era un mar de flores que susurraba en torno a su falda blanca, que se coloreaba con todo tipo de polen; moscardones, abejorros, abejas y mariposas volaban delante de ellas cantando en una nube dorada multicolor. Y descendió hacia la playa con pasos ligeros.

Entonces vio en la bahía un velero blanco con las velas henchidas que se dirigía directamente hacia el muelle, pero no se veía a nadie al timón. Y ella siguió caminando, nadando en flores y en su perfume, de manera que su blanca falda parecía una pradera con flores, pero de colores mucho más hermosos.

Abajo, junto a los sauces de la ribera, se detuvo; allí, entre el tronco y una rama, había un nido de pájaros. Y cuando el viento vespertino sacudió el árbol, meció a tres pequeñas bolas de plumón que la niña inmediatamente quiso acariciar.

—No, hija mía —dijo la madre—, no toques nunca un nido de pájaros.

Y justo allí donde estaban, en las piedras de la ribera, amarró el barco blanco, justo a sus pies, pero en él no había nadie.

Entonces la madre cogió a la niña en brazos y subió a bordo. Inmediatamente el barco dio la vuelta y se alejó de donde había atracado.

Cuando navegaban pasando el cabo donde se elevaba la iglesia, todas las campanas se pusieron a tocar, pero alegremente, con fuerza.

Y el barco salió de la bahía y desde allí se veía refulgir la alta mar.

La pequeña resplandecía de alegría porque el agua estaba muy azul y serena; y ya no era agua por donde navegaban, sino flores de lino que la niña recogía con la mano extendida.

Y las flores se doblaban y se erguían, como pequeñas olas susurrando en el casco del barco. Infinito parecía extenderse el campo de lino ante ellas; pero se vieron envueltas en una niebla blanca y oyeron un oleaje fuerte. Pero por encima de la niebla sonó el trino de la alondra.

—¿Cómo pueden cantar las alondras en el mar? —preguntó la pequeña.

—El mar es tan verde que las alondras creen que es una pradera —contestó la madre.

La niebla volvió a disiparse; el cielo estaba azul como una flor de lino y las alondras alzaron el vuelo.

Entonces pudieron ver, muy dentro del mar, una isla verdeante con playas de arena blanca donde personas vestidas de blanco paseaban de la mano. Y el sol poniente iluminaba el tejado dorado de una portalada en el que ardían fuegos blancos bajo sagrados cuencos de sacrificio; y sobre la isla verdeante se extendía un arco iris en rojo de rosal y verde de junco.

—¿Qué es eso, mamá?

La madre no supo qué responder.

—¿Es el paraíso que cantaba la paloma? ¿Qué es el paraíso, mamá?

—Es un lugar, hija, en el que todos los hombres son amigos —contestó la madre—, donde no hay penas ni peleas.

—Entonces yo quiero ir allí —dijo la niña.

—Y yo también —dijo la fatigada, abandonada y agobiada madre.

EL GRAN CEDAZO PARA GRAVA

Había una vez un zoarcido hembra con su hijo en el fondo del mar, junto al muelle de los vapores, mirando cómo preparaba un chiquillo su caña de pescar.

—¡Mira bien! —dijo el zoarcido—, así aprenderás la maldad del mundo y las trampas... Mira bien; tiene un látigo en la mano; lanza el sedal; ahí lo tienes. Luego la plomada lo arrastra al fondo, ¡ahí está! Y a eso se le llama anzuelo, con una serpiente clavada. ¡Cuídate de llevártelo a la boca, porque entonces te han cogido! Bueno, solo se dejan engañar las estúpidas percas y los gobios. ¡Así que ahora ya sabes!

Pero entonces empezó a balancearse el bosque de algas con mejillones y almejas, y se oyó chapotear y tamborear y una enorme ballena roja pasó por encima de ellos; en la parte de atrás tenía una aleta natatoria en forma de sacacorchos con la que trabajaba.

—¡Es el barco de vapor! —dijo el viejo zoarcido—. ¡Hazte a un lado!

Sí, hubo un tremendo escándalo allí arriba. Ruido de pasos y pisotones, zapatones que se arrastraban y que en dos segundos tendieron una pasarela entre el barco y el muelle. Pero no era fácil

ver lo que se traían entre manos allá arriba, porque descargaban petróleo y hollín.

Había algo muy pesado en la pasarela que crujía y algunos hombres se pusieron a cantar:

—¡Vamos, vamos, arriba! ¡Levantad! ¡Soltad un poco! ¡Levanta! ¡Arriba! ¡Más fuerte, más! ¡Arriba! ¡Ya, todos a la vez! ¡Venga!

Entonces sucedió algo completamente indescriptible. Primero sonó como si sesenta leñadores de Dalecarlia se hubiesen puesto a cortar leña a la vez; luego se abrió en el agua un agujero que llegó hasta el fondo del mar y allí, entre tres piedras, apareció un armario negro que cantaba y tocaba música con fuerza y entusiasmo, junto al zoarcido y a su hijo, los cuales desaparecieron en las profundidades.

Se oyó entonces una voz que gritaba desde arriba:

—¡Son cinco metros de agua! Es imposible. Dejadlo, no merece la pena repescarlo, que va a costar más repararlo de lo que vale.

Era el piano del ingeniero de minas, que había caído al agua.

Luego se hizo el silencio. El gran pez rojo con la aleta en forma de tirabuzón se alejó y el silencio se hizo aún mayor. Pero cuando se ocultó el sol, empezó a soplar el viento, y el armario negro que estaba en el bosque de algas del fondo se mecía y se golpeaba en las piedras, y por cada golpe llegaban los peces de la zona a ver y oír.

El primero que llegó a mirar fue el zoarcido, y al poder contemplarse en el espejo dijo: ¡Es un armario de luna!

Era lógico, y todos dijeron: ¡Es un armario de luna!

Luego llegó el gobio negro y se puso a curiosear y olfateó los candelabros que había y donde quedaban cabos de velas en los tubos: «Esto se puede comer. Si no fuese por la mecha…».

Entonces llegó un bacalao grande, se apoyó en el pedal, y de pronto estalló un estrépito en el interior del armario que hizo alejarse a todos los peces.

Aquel día no pasaron más cosas.

Por la noche se desencadenó una tempestad y la caja de música estuvo golpeando como un martillo pisón hasta que salió el sol. Así que

cuando el zoarcido volvió con todo el séquito, el armario se había transformado.

La tapa se había abierto como las fauces de un tiburón; allí se veía una dentadura tan grande como no se había visto nunca; pero uno de cada dos dientes era negro. Y toda la máquina se había abombado por los laterales como un pez henchido de huevas; las tablas se habían combado, el pedal apuntaba al aire como un pie que iba a dar una patada, los brazos de los candelabros se cerraban como puños. —¡Era horrible!

—¡Se rompe! —gritó el bacalao moviendo una aleta y dispuesto a dar la vuelta.

—¡Se rompe! —gritaron todos.

Y entonces se separaron los tablones, se abrió la caja, y se pudo ver lo que había dentro; era lo más divertido de todo.

—¡Es una nasa! ¡No te acerques allí! —gritó el zoarcido.

—Es un telar —dijo el espinoso, que teje su vivienda y sabe de telares.

—Un cedazo para grava —dijo la perca, que acostumbra a vivir cerca de las canteras de cal.

¡Sí, eso era, un cedazo para grava! Pero había tantas cosas raras allí dentro que no tenía el cedazo para grava. Había chismecillos que parecían dedos del pie cubiertos de calcetines de lana blanca; y, cuando se movían, se veía un pie con cien dedos de esqueleto que andaban; se movían y se movían pero no avanzaban.

Era un cuerpo raro. Pero la música había terminado porque el esqueleto no llegaba a tocar las cuerdas, sino que se meneaba en el agua como si golpease con los nudillos a una puerta para entrar.

¡La música había terminado! Pero entonces llegó un banco de espinosos y pasaron por medio del armario. Y cuando con sus púas rozaron las cuerdas, volvió a sonar la música, pero de otra manera, porque ahora las cuerdas no estaban afinadas.

★

Poco después, una rosada tarde de verano, había dos chiquillos sentados en el muelle de los vapores, un chico y una chica. No pensaban en nada concreto, quizá en hacer alguna barrabasada, cuando se oyó de repente una lenta música que venía del fondo del mar y se pusieron serios.

—¿Oyes?

—¡Sí! ¿Qué será eso? Son escalas.
—No, son los mosquitos que cantan.
—¡No! Es una sirena.
—No hay sirenas, lo ha dicho el maestro.
—¡Qué sabrá el maestro!
—Bien, pero ¡escucha!

Escucharon un buen rato y se marcharon.

Una pareja de veraneantes recién llegados se sentó en el muelle; él miraba a los ojos de ella, que reflejaban el sonrosado crepúsculo y las verdes playas. Entonces oyeron música como de una armónica de cristal, pero con tonos nuevos que no habían oído nunca antes. Pero no se les ocurrió buscar fuera de ellos porque pensaban que sonaba ¡en su interior!

Entonces llegó otra pareja de veraneantes, estos veteranos, que conocían el misterio, y sintieron un gran placer al decir:

—Es el pianoforte hundido del ingeniero de minas.

Pero bastaba que llegasen nuevos veraneantes que no conocían el misterio y entonces se sentaban y se maravillaban y disfrutaban de la música desconocida, hasta que venían veraneantes veteranos y les revelaban el engaño. Y dejaban de disfrutar de la música.

Y la caja de música quedó todo el verano allí donde estaba; y los espinosos les enseñaron sus habilidades a las percas que aprendieron pronto. Para los veraneantes, el piano se convirtió en un lugar de pesca de percas, los prácticos ponían redes a su alrededor y un aduanero trató un día de pescar allí bacalao. Cuando logró hacer descender el sedal con una vieja pesa de reloj como plomada y luego fue a recogerlo, oyó una escala de notas en X menor, y el anzuelo quedó prendido. Tiró y tiró hasta que finalmente sacó cinco dedos descarnados con lana en la punta cuyos huesos sonaban como los de un esqueleto. Entonces, y aunque sabía lo que era, se asustó y tiró el botín al mar.

Y llegó agosto, el agua se iba calentando y todos los peces se hundían en las profundidades en busca de frescor. Entonces la música se volvió a callar. Pero llegó la luna de agosto y los veraneantes organizaron una regata. El ingeniero de minas y su esposa se habían acomodado en una barca blanca y se dejaban llevar por los jóvenes que remaban. Cuando pasaron sobre el agua negra cuya superficie estaba plateada y donde había reflejos dorados, oyeron música bajo la barca.

—¡Ah, vaya —dijo el ingeniero—, es nuestra vieja carraca de piano!

Pero se calló cuando vio a su mujer inclinar profundamente la cabeza hacia el pecho, tal como se ve a los pelícanos en las ilustraciones, como si quisiera morderse el pecho y ocultar el rostro.

El viejo piano y su larga historia habían despertado en ella recuerdos profundos, del primer comedor que amueblaron, del primer hijo al que enseñó a tocar, del aburrimiento de las largas tardes que únicamente se conseguía ale-

jar gracias a las tormentosas masas de sonidos, que hacían sacudirse la pereza a todo el piso y que transformaban los humores y les daban nuevo brillo a los mismísimos muebles… Pero esa historia está aquí fuera de lugar.

★

Cuando llegó el otoño y estalló la primera tormenta, aparecieron las sardinas en miles de millares y pasaron nadando a través de la caja. Se podía pensar en una música de despedida; golondrinas de mar y gaviotas se reunieron para escuchar. Y aquella noche la caja de música partió hacia alta mar y así acabó aquella fábula.

EL DORMILÓN

El director de orquesta Kreuzberg era un hombre al que le gustaba dormir por las mañanas, tanto porque tocaba en una orquesta por las noches como porque tomaba más de un vaso de cerveza antes de acostarse. Seguramente había pensado levantarse antes, pero descubrió que aquello no tenía sentido.

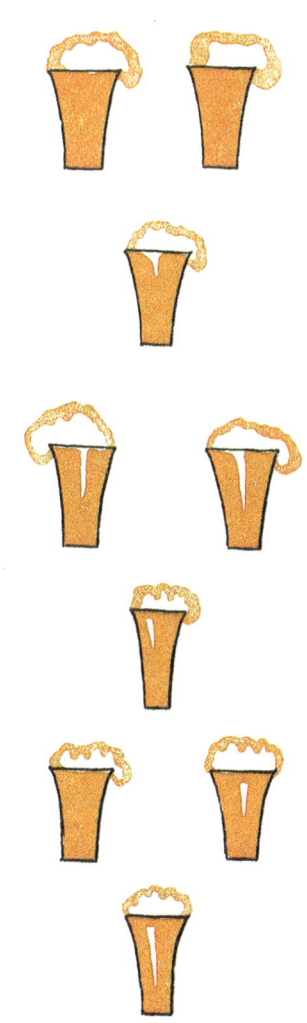

Cuando iba a visitar a un conocido por la mañana, este dormía; si quería ingresar dinero en el banco, estaba cerrado; si iba a pedir prestadas las partituras en la tienda de música, no la habían abierto; si quería ir en tranvía, aún no había empezado a funcionar; tampoco podía conseguir un coche tan pronto, ni siquiera su rapé, no podía hacer nada tan temprano por la mañana. Por eso había decidido dormir hasta bien entrada la mañana y lo hacía tal como le apetecía, claro.

Amaba el sol y las flores y a los niños; pero no podía vivir en el lado donde daba el sol a causa de sus delicados instrumentos, ya que perdían la afinación en habitaciones soleadas. Así pues, alquilaba un piso el primero de abril, uno que diese al norte. Investigaba eso minuciosamente, para ello llevaba una brújula en la leontina y sabía dónde estaba la Osa Mayor por las noches.

Y llegó la primavera y empezó el calor, así es que era una bendición vivir de cara al norte. El dormitorio estaba al lado del salón y mantenía el lugar donde dormía oscuro con persianas, pero en el salón no las había, porque allí no se necesitaban.

Luego llegaron los comienzos del verano y el verdor. El director de orquesta había comido y bebido en Hasselbacken, y por eso durmió mucho y bien, en particular porque el teatro había cerrado ese día.

Tenía buen dormir. Sin embargo, hacía tanto calor en el cuarto que se despertó o creyó despertarse un par de veces. Una de ellas pensó que estaba ardiendo el empapelado, pero pudo haber sido el borgoña que había bebido; otra vez sintió algo caliente en la cara, pero seguro que era el borgoña; por eso se dio la vuelta y siguió durmiendo.

Se levantó a las nueve y media, se vistió y salió al salón para refrescarse con un vaso de leche fría que siempre tenía preparado por las mañanas.

Pero la sala no estaba fresca aquel día; casi hacía calor, demasiado calor. Y la leche fría no estaba fría, estaba tibia, desagradablemente tibia.

El director de orquesta no era hombre colérico, pero le gustaba el orden en todo. Por eso llamó con la campanilla a la anciana Lovisa y, tal como solía hacer sus observaciones las primeras cincuenta veces, se dirigió a Lovisa, cuando esta

asomó la cabeza por la puerta, en tono amable pero decidido.

—Lovisa —dijo—, me has servido leche tibia.

—No, señor —contestó Lovisa—, estaba fría, pero lleva aquí un rato y se ha calentado.

—¡Entonces has encendido la estufa! Hace demasiado calor en la habitación.

No, Lovisa no la había encendido; y Lovisa se retiró ofendida a la cocina.

Bueno, lo de la leche podía pasar, pero, cuando el director recorrió con su mirada la habitación, se puso triste. Y es que en un rincón, junto al piano, se había construido el altar de la casa, formado por una mesita con dos candeleros de plata, una gran fotografía con el retrato de una mujer joven y, delante de todo ello, una copa de champán alta con el borde dorado.

En esta copa, la copa de su boda —ahora era viudo—, solía poner cada día una rosa roja en recuerdo y ofrenda de aquella que una vez fue el sol de su vida. Verano e invierno siempre había allí una rosa; en invierno duraba sin marchitarse ocho días, es decir, siempre que le cortara el tallo y echara un poco de sal en el agua. Él había colocado una rosa fresca y lozana ayer por la noche en el agua y hoy estaba marchita, encogida, muerta, con la cabeza inclinada hacia el pecho. Era un mal presagio. Sabía muy bien lo delicadas que eran estas flores y él había notado con qué personas se encontraban bien y con cuáles no. Recordó cómo a veces, cuando vivía su esposa, su rosa, la que ella tenía que tener siempre en la mesita de costura, no se encontraba a gusto, sino que inesperadamente se marchitaba. Y había observado que era justo cuando el sol de su vida se ocultaba detrás de nubes que se disolvían en gotas con un sordo trueno. Las rosas querían paz y palabras amorosas, y no aguantaban el tono duro en las voces. Adoraban la música y, a veces, él tocaba para ellas y ellas se abrían y sonreían.

Lovisa tenía un carácter difícil y solía hablar y refunfuñar para sus adentros cuando hacía la limpieza. Y tenía sus días coléricos en la cocina, días en que se le cortaba la salsa y toda la comida tenía un regusto a cólera que el director de orquesta notaba inmediatamente; ya que él era un instrumento delicado que sentía en su alma lo que otras personas ni notaban.

Inmediatamente sospechó que Lovisa había matado a la rosa; quizá le había regañado a la

pobre o había derribado la copa o echado mal aliento a la flor, que no aguantaba esas cosas. Por eso volvió a llamarla y, cuando Lovisa asomó por la puerta, le dijo, no hostilmente pero algo más decidido que la vez pasada:

—Lovisa, ¿qué le has hecho a mi rosa?

—Nada, señor.

—¿Nada? ¿Crees que la flor se muere por sí sola? ¿No ves que falta agua en la copa? La has tirado tú.

Como Lovisa era inocente, se fue a la cocina y se echó a llorar, porque no hay cosa más desagradable que ser injustamente acusada.

El director Kreuzberg, que no soportaba el llanto de los otros, decidió dejarlo pasar sin más, y compró otra rosa para la noche, una rosa verdaderamente lozana, sin alambres de acero, claro, porque eso su esposa nunca lo había podido soportar.

Y luego se acostó y durmió profundamente; le pareció que ardía el empapelado de las paredes y que la almohada estaba muy caliente, pero se volvió a dormir.

Cuando a la mañana siguiente entró en el salón para tener su momento de recogimiento ante el altar de la casa, entonces —¡horror!—, la rosa había perdido los pétalos y se apoyaba en el tallo.

Quiso tocar la campanilla, pero se contuvo cuando vio que la foto de aquella a la que su alma había amado estaba sobre la mesita, medio enrollada, al pie de la copa de la flor.

¡Eso no lo había hecho Lovisa! —En su alma pueril pensó: Ella, la que fue mi todo, mi conciencia y mi musa, ella no me quiere, está disgustada conmigo; ¿qué he hecho?

Y sí, cuando consultó con su conciencia se descubrió, como siempre, algunos pequeños defectos, y decidió eliminarlos, poco a poco, evidentemente.

Y entonces hizo enmarcar el retrato; colocó la rosa bajo un fanal, por ver si eso solucionaba algo; lo que era dudoso.

Luego partió para un viaje de ocho días: llegó a casa por la noche y se acostó. Se despertó como de costumbre y abrió un ojo y le pareció ver llamas en la lámpara del techo.

Cuando salió al salón, allí hacía realmente calor y la habitación parecía alterada. Las cortinas estaban descoloridas; el pañito del piano

también había perdido el color; los lomos de las partituras estaban torcidos; el queroseno de la lámpara del techo se había evaporado y colgaba en forma de amenazante gota bajo el adorno donde solían bailar las moscas; el agua de la garrafa estaba caliente.

Pero lo más triste de todo: el retrato de ella también había empalidecido, amarilleado como la hierba en otoño. Eso lo entristeció. Y cuando se ponía muy triste iba al piano o al violín, dependía…

Esta vez se sentó al piano, con la vaga intención de tocar la *Sonata en mi menor*, la de Grieg naturalmente, y la sonata de ella, la mejor y más grande que según ella había venido al mundo después de la *Sonata en re menor* de Beethoven. Y no porque el mi vaya detrás del re, sino porque ¡es así!

Pero hoy el piano no quería obedecer. Destemplado, se mostró renuente, de manera que pensó que tal vez sus dedos o sus oídos no estaban de humor. Pero no era culpa suya. Simplemente el piano estaba desafinado, terriblemente desafinado, aunque hacía muy poco tiempo que había salido de las hábiles manos del afinador. Era como si todo saliese mal, ¡un maleficio!

Entonces cogió el violín; tenía que afinarlo, claro. Pero, cuando quiso afinar la primera cuerda, la clavija se negó, estaba pegada. Y cuando el director de orquesta utilizó la fuerza, la cuerda saltó con un chasquido y se enrolló como una piel de anguila seca.

¡Todo salía mal!

Pero lo más triste de todo era que la foto empalideciese, y por ello puso un velo sobre el altar. Con ello cayó un velo sobre lo más hermoso de su vida; y el director de orquesta se quedó desazonado, pensativo, y dejó de salir por las noches.

Y así se fue acercando el día de San Juan. Los días se fueron haciendo más largos que las noches, pero, como las persianas mantenían la oscuridad, el director de orquesta no notó ninguna diferencia.

Finalmente, una noche, la mismísima noche de San Juan, se despertó al oír al reloj del salón dar trece campanadas. Fue horrible, por un lado porque el trece es el número de la mala suerte, y por otro porque un reloj sensato no puede dar las trece. Y ya no se volvió a dormir, sino que se quedó en la cama escuchando atentamente. Oyó que del salón llegaban crujidos,

luego un restallido como cuando se agrieta un mueble. Inmediatamente después oyó pasitos cuidadosos, de puntillas, y el reloj empezó a dar la hora; y sonó, sonó, cincuenta veces, y cien. ¡Fue horrible!

Entonces entró un rayo de luz en el dormitorio, proyectando una figura sobre la pared, una extraña figura parecida a una cruz gamada; y venía de la puerta del salón. Así que había luz en el salón. Pero ¿quién la había encendido? Y se oía tintineo de vasos; como si hubiese invitados con copas de cristal tallado en la mano; pero nadie hablaba. Luego se oyeron otros ruidos, como cuando se arrían velas o se pasan sábanas por la calandria.

El director tuvo que ir a ver y, encomendando su alma en manos del Todopoderoso, salió de su habitación para ir al comedor.

Primero vio el peinador de Lovisa desaparecer por la puerta de la cocina; vio los estores levantados; vio la mesa del comedor llena de jarrones con flores; oh, tan llena como aquella vez, la noche de bodas, cuando llegó a casa con su esposa.

Y observen bien; el sol, el sol le daba en plena cara, el mismo que brillaba sobre bahías azuladas y bosques en la lejanía; era el sol el que iluminaba el salón y todas las pequeñas diabluras. Y era el día de su cumpleaños; y él bendecía al sol que se había levantado tan temprano por la mañana y le había gastado una broma al dormilón. Y bendecía el recuerdo de ella a la que había llamado sol de su vida. No era un nombre nuevo, pero no pudo encontrar otro mejor, así que era suficientemente bueno.

Y la rosa estaba allí, en el altar de la casa, y estaba fresca y lozana, tan sana como *ella* lo había estado, antes de que los trabajos y las penas la hubieran cansado. ¡Cansada! Ella no se contaba entre las fuertes; ¡y la vida le resultaba demasiado brutal, con todos sus empujones y golpes! Él todavía oía en su memoria, cuando ella había estado planchando o limpiando, cómo se desplomaba en el sofá quejándose. ¡Estoy tan cansada! —Pobrecilla, no era de este mundo, dio una representación como artista invitada y luego se retiró por el foro.

Y a ella le hacía falta sol, dijo el médico; pero entonces no se podían pagar el sol, porque los pisos soleados costaban más.

Pero ahora él tenía sol sin haberse dado cuenta, y allí estaba en mitad del sol, pero era

demasiado tarde. San Juan había pasado y el sol iba camino de desaparecer de nuevo; desaparecer por un año y volver de nuevo. ¡Es todo tan extraño!

LAS TRIBULACIONES DEL PRÁCTICO

El cúter de los prácticos navegaba lejos de la costa, pasado ya el último faro; el sol invernal se había puesto hacía rato y el oleaje era violento, verdaderas olas de alta mar. Entonces el vigía advirtió: ¡Velero por el lado del viento!

En el mar se veía un bergantín que barloventeaba, la bandera de práctico izada: quería pues entrar en puerto.

—¡Cuidado! —ordenó el jefe de prácticos, que llevaba el timón—. Va a ser difícil acercarnos con este mar; y tú, Víctor, escucha, vamos a abordarlo por la popa y entonces tú saltas y te agarras a algún aparejo, donde puedas… ¡Damos la vuelta! ¡Ya!

El cúter giró con elegancia y se dirigió al bergantín, que seguía luchando contra el viento.

—¡Qué extraño que no maniobre con las velas! —¿Veis alguna luz a bordo? —¡No! —Y tampoco hay ningún farol en la cofa! —¡A toda vela! —¡Cuidado, Víctor!

El cúter llegó a toda velocidad; Víctor se colocó en la borda del lado del viento y, cuando la siguiente gran ola levantó el barco, Víctor saltó a los obenques del bergantín, mientras el cúter giraba dirigiéndose al faro de entrada al puerto.

Víctor se sentó en mitad del obenque para reponerse antes de bajar a cubierta. Cuando bajó, se dirigió sin perder un instante al timón donde estaba su sitio, y uno puede imaginarse su terror cuando no encontró a timonel alguno. Gritó, pero no tuvo respuesta.

Probablemente estarán ahí dentro bebiendo, pensó, y fue a mirar por la ventana del camarote. ¡No, allí no había nadie! Luego fue hasta la cocina y el castillo de proa. ¡Ni un alma! Entonces comprendió que era un barco abandonado, supuso que había una vía de agua y que se encontraba a punto de hundirse.

Entonces miró hacia el cúter de los prácticos, pero ya había desaparecido en la oscuridad.

Era imposible dirigirse a tierra, porque era impensable amainar y cargar las velas y bolinear y al mismo tiempo manejar el gobernalle.

No había nada que hacer, solo dejarse ir a la deriva, aunque el barco se dirigía a alta mar.

Esto no lo alegró precisamente, pero un práctico está preparado para todo; seguramente pasaría algún navegante, solo tenía que encontrar algo con lo que hacer señales. Por eso fue a la cocina a buscar cerillas y un farol. Aunque el mar estaba muy picado no notaba que el barco se moviese bajo sus pies, lo que lo sorprendió. Aún se sorprendió más cuando se dio cuenta de que andaba sobre una alfombra de pequeños cuadros azules y blancos. Anduvo y anduvo sin parar, pero la alfombra parecía no tener fin, y él no veía ni rastro de cocina por ningún sitio. Era bastante aterrador, pero al mismo tiempo era divertido, porque era nuevo.

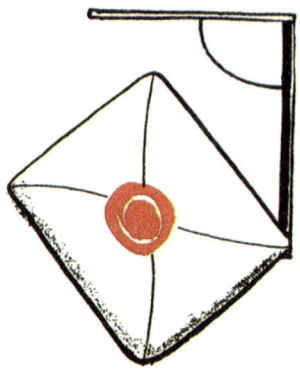

La alfombra no se había acabado cuando se encontró en un pasaje con tiendas iluminadas. A la derecha había una báscula para personas y una máquina expendedora. Sin pensárselo dos veces se subió a la báscula y echó una moneda. Como sabía que pesaba ochenta kilos tuvo que reírse cuando vio que la aguja señalaba solo ocho kilos. O bien la báscula está loca o he llegado a otro planeta que es diez veces más grande o más pequeño que la Tierra, pensó, porque él había estudiado en la escuela de navegación, donde siguió cursos de Astronomía.

¡Ahora vería lo que había en la máquina expendedora!

Cuando cayó la moneda por la ranura, se abrió una ventanilla y allí le pusieron una carta en la mano. Era un sobre blanco, con un gran sello de lacre rojo, pero no pudo descifrar lo que ponía en él, y tampoco sabía de quién venía. Sin embargo, abrió el sobre y leyó… primero la firma, como se suele hacer. Allí ponía… bueno, ¡eso ya lo sabrán más adelante! Leyó la carta tres veces y se la metió en el bolsillo con un gesto muy pensativo, ¡mucho!

Siguió su camino por el pasaje, pero manteniéndose en medio de la alfombra. Allí había todo tipo de tiendas, pero no se veía un alma, ni delante ni detrás de los mostradores. Después de haber andado un rato, se paró delante de un enorme escaparate donde se exponía una gran variedad de conchas y caracolas marinas. Como la puerta estaba abierta, entró. Del suelo al techo había estantes con todo tipo de caracolas procedentes de todos los mares del mundo. Allí dentro no había nadie, pero en el aire flotaba humo de tabaco en forma de anillos que parecía que acababa de lanzar alguien al que le divertía hacer anillos con el humo del cigarrillo. Víctor, que era un bromista, atravesó un anillo con el dedo diciendo: «¡Ahora ya estoy prometido con la señorita Tabaco!». Oyó entonces un ruido extraño, como de una campanilla, pero allí no se veía campanilla alguna, y pronto notó que el sonido provenía de un manojo de llaves. Una de las llaves estaba metida en la cerradura de una caja registradora, y las otras se balanceaban con los movimientos regulares del péndulo, y así siguieron un rato. Luego se hizo el silencio y, cuando el silencio fue total, se oyó un sereno susurro como cuando el viento pasa por los aparejos del barco o el vapor sale por un tubo estrecho. Eran las caracolas que susurraban; pero como eran de diferentes tamaños, los susurros eran de diver-

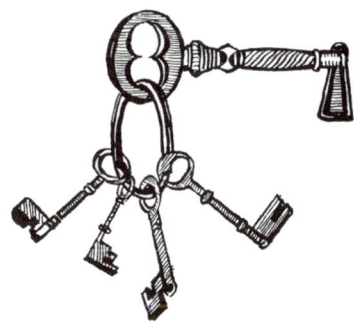

sos tonos y sonaba como una completa orquesta de susurros. Víctor, que había nacido un jueves y por tanto sabía interpretar el trino de los pájaros, aguzó el oído y, tras un momento, pudo comprender lo que decían las caracolas:

—Yo tengo el nombre más bonito —dijo una—, porque me llamo Strombus pespelicanus.

—¡Yo soy la más hermosa! —dijo la caracola púrpura que se llama Murex y algo raro después.

—¡Yo soy la que mejor canta! —dijo la atigrada que se llama así porque parece una pantera.

—Silencio, silencio, silencio —dijo el caracol, yo soy la que más compran porque estoy en los arriates de las casitas de verano. La gente me encuentra banal, pero no pueden pasar sin mí. Y en invierno estoy en la leñera, en un cesto.

Vaya tropa que solo se canta a sí misma, pensó Víctor, y para distraerse cogió un libro que estaba abierto en el mostrador. Como tenía un ojo muy vivo, se dio cuenta inmediatamente de que el libro estaba abierto por la página 240 y que el capítulo 51 comenzaba en la página de la izquierda. Encima del texto había un poema de Coleridge y su contenido lo sacudió como un rayo. Con las mejillas sonrosadas y conteniendo la respiración, leyó… bueno, de eso hablaremos más adelante, pero no trataba de caracolas, eso sí que ya lo podemos decir ahora.

Sin embargo, el lugar le gustaba y se sentó, aunque no cerca de la caja registradora, porque esa es una vecina peligrosa. Y se puso a pensar en todos aquellos extraños animales que andaban, como él, por el mar; calor no hacía en el fondo del mar, sin embargo sudaban y cuando sudaban cal pronto se convertía en un nuevo jersey. Y se retorcían como gusanos, algunos hacia la derecha y otros a la izquierda, evidentemente, porque hacia algún lado tenían que retorcerse, y todos no podían ser iguales.

Entonces se oyó una voz procedente del fondo de la tienda que atravesó la cortina verde:

—Eso ya lo sabemos, pero lo que no sabemos es que la caracola del oído es un Helix y que los huesecillos que hay en el oído junto al tímpano semejan exactamente al animal de dentro de la caracola de la Limnaeus stagnalis, está escrito en los libros.

Víctor, que comprendió al instante que tenía que vérselas con alguien que leía el pensamiento, contestó amable pero brutalmente y sin expresar asombro, a través de la cortina verde:

—Sí, eso ya lo sabemos, pero *por qué* tenemos un Helix en la oreja, eso no lo saben los libros y tampoco el señor vendedor de caracolas…

—Yo no soy un vendedor de caracolas —gritó el invisible desde el interior de la tienda.

—¿Qué eres pues? —Víctor devolvió el grito.

—Yo soy… ¡un trol!

En ese momento se entreabrieron las cortinas y apareció una cabeza tan terrorífica que cualquier otro que no fuese Víctor hubiese puesto pies en polvorosa. Pero él, que sabía cómo hay que tratar a los troles, miró primero la puntiaguda cabeza roja, porque ese era el aspecto del trol que estaba haciendo anillos de humo en la rendija de las cortinas. Cuando uno de los anillos le llegó cerca, Víctor lo cogió con un dedo y se lo tiró de vuelta.

—Así es que sabes tirar anillos —dijo el trol, burlón.

—Sí, un poco —contestó Víctor.

—Y tampoco parece que tengas miedo.

—Un marinero no puede tener miedo, porque entonces no lo quiere ninguna chica.

—Pues oye, tú que no tienes miedo, anda un poco más por el pasaje, y veremos si sigues sin tenerlo.

Víctor, que estaba ya aburrido de las caracolas, aprovechó la ocasión para alejarse sin que pareciese que huía y salió de la tienda, pero reculando, porque sabía que no se debe volver la espalda, ya que es mucho más vulnerable de lo que puede ser el pecho.

Y echó a andar de nuevo, siguiendo la alfombra blanquiazul. El pasaje no era recto, sino que estaba lleno de recovecos, de manera que nunca se veía su final y siempre aparecían nuevas tiendas, pero no gente; y tampoco los dueños de las tiendas. Pero Víctor, que había aprendido de la experiencia, comprendió que estos permanecían en la trastienda.

Al llegar a una tienda de perfumes que olía a todas las flores del prado y del bosque, pensó: Voy a entrar a comprarle a mi novia un frasco de colonia. ¡Dicho y hecho! La tienda era muy parecida a la tienda de caracolas, pero el aroma era tan intenso que le dio un dolor de cabeza tan fuerte que tuvo que sentarse. Había en particular un olor a almendras amargas que le provocó zumbido en los oídos, pero que le dejó en la boca un delicado regusto como de aguardiente de cerezas. Víctor, que nunca se quedaba sin saber qué hacer, sacó su petaca de cobre con espejo, y se tomó una dosis de rapé que le aclaró

el cerebro y alejó el dolor de cabeza. Después golpeó en el mostrador gritando:

—¿Hay alguien aquí?

No hubo respuesta. Entonces pensó: Voy a la trastienda a pagar la cuenta. Puso la mano derecha sobre el mostrador, tomó impulso, y de un salto pasó al otro lado. Después descorrió las cortinas y miró al interior. Se encontró con una visión que lo deslumbró completamente. Sobre una mesa larga con mantel persa había, primero, un naranjo con flores y frutos, y sus resplandecientes hojas parecían las de la camelia. Había también frascos de cristal tallado alineados en filas con todas las flores aromáticas del mundo, desde el jazmín hasta la lavanda, pasando por violetas, muguete y rosas. En uno de los extremos de la mesa, vio dos manitas blancas que salían de unas mangas de vestido remangadas manipulando un pequeño alambique de plata, pero no pudo ver la cara de la dama y tampoco ella pudo ver la de él. Pero cuando vio que su vestido era amarillo y verde, comprendió que era una bruja, porque el amarillo y el verde son los colores de la larva de la mariposa *Sphinx*, un animal que también puede trastornar la visión. Lo que es la parte de atrás en esa larva parece la de delante, y allí tiene un cuerno como el unicornio, así que asusta a sus enemigos con el falso rostro, mientras come con la parte que parece de atrás.

Víctor pensó: Aquí va a haber pelea, pero ¡empieza tú! Es bien cierto que si uno quiere que la gente le hable, basta con estar callado.

—¿Es usted el señor que busca una casa de veraneo? —preguntó la señora, acercándose a él.

—Sí, soy yo —contestó Víctor, para no quedar sin respuesta, aunque jamás había pensado alquilar una casa de veraneo en invierno.

La señora quedó perpleja, pero era bella como el pecado y le lanzó al práctico una mirada embrujadora.

—Bueno, no merece la pena que pierdas el tiempo tratando de embrujarme, ¡porque estoy prometido con una chica estupenda! —dijo el práctico mirando a la señora entre el anular y el corazón, como hacen las brujas cuando quieren embrujar a los jueces.

La señora era joven y hermosa por arriba, pero de cintura para abajo era muy vieja, como si estuviese compuesta de dos partes diferentes pegadas.

—Bueno, enséñame la casa —dijo el práctico.

—Encantada, por aquí —dijo la señora, abriendo una puerta del fondo.

Salieron y se encontraron en un robledal.

—Basta con cruzar el bosque y ya estamos —dijo la señora; y le pidió al práctico que fuese delante porque, obviamente, ella no quería darle la espalda.

—Probablemente es por aquí por donde anda el toro, si no he comprendido mal —dijo el práctico, que iba muy despierto y no perdía detalle.

—No tendrás miedo al toro, ¿verdad? —contestó la señora.

—Ya veremos el aspecto que tiene —dejó caer el práctico.

Pasaron sobre rocas y raíces, por ciénagas y campos quemados, y restos de carbón; Víctor tenía que volverse de vez en cuando para ver si ella lo seguía, porque no oía sus pasos; pero, incluso cuando se volvía y la tenía delante, tenía que buscarla con la mirada porque su vestido amarillo y verde la hacía casi invisible.

Finalmente, llegaron a un claro o a unas tierras desbrozadas en el bosque, y cuando Víctor estaba en mitad del espacio verde, apareció el toro como si lo hubiese estado esperando. Era negro, con una estrella blanca en la frente y los ojos inyectados en sangre.

Como la huida era imposible, no quedaba más que ataque y defensa. Víctor miró al suelo y allí había una estaca recién cortada con una protuberancia en la punta. La cogió y se colocó en posición de defensa.

—¡Tú o yo! —ordenó—. ¡Uno, dos, tres!

Y empezó el baile. Primero el toro retrocedió como un barco de vapor, y resoplaba y echaba vaharadas por las narices, movía la cola como una hélice; y atacó a toda velocidad.

La estaca voló por el aire y sonó como una explosión cuando le dio al toro entre los ojos.

Víctor se apartó de un salto, pero el toro continuó recto, a toda velocidad. Entonces cambió la escena; aterrado, Víctor vio al monstruo dirigirse hacia la linde del bosque por donde su novia, con un vestido claro, venía corriendo para encontrarse con él.

Entonces gritó desde lo más íntimo de su alma: ¡Súbete a un árbol, Anna, que va el toro!

Y echó a correr tras el toro y logró golpearlo en la pata trasera, en la parte más delgada, tratando, si era posible, de romperle un hueso. Y con un esfuerzo sobrehumano, logró derribar al coloso. Anna estaba salvada y el práctico la tenía en sus brazos.

—¿Adónde vamos? —dijo—. Vamos a casa, ¿no?

No se le ocurrió preguntarle de dónde venía, por razones que luego veremos. Iban de la mano sendero adelante y estaban felices por el inesperado encuentro. Pero después de haber andado un rato, Víctor se paró de repente y dijo:

—Espera un momento, tengo que ver cómo está el toro, porque el animal me da pena.

Entonces el rostro de Anna se transformó y sus ojos se inyectaron en sangre. Con una mirada salvaje, le dijo: ¡Vete, te espero!

El práctico la miró con tristeza, porque comprendió que ella no decía la verdad. Sin embargo la siguió. Pero ella no andaba como solía, y él empezó a notar frío en la parte izquierda del cuerpo.

Cuando hubieron caminado un rato, Víctor se volvió a parar.

—Dame la mano —dijo—. No, la izquierda.

Y vio que no tenía el anillo.

—¿Dónde está el anillo? —preguntó.

—Lo he perdido —contestó ella.

—Tú eres mi Anna, pero no lo eres. Hay un extraño en ti.

En ese instante, ella le lanzó una mirada de refilón y él vio que no era la mirada de un ser humano, sino la del toro inyectada en sangre, y comprendió.

—¡Apártate, bruja! —dijo escupiéndole en la cara.

¡La que se armó! La falsa Anna cambió de aspecto, su rostro desfigurado por la cólera se puso amarillo y verde como la bilis y, un instante después, saltó un conejo negro entre los arbustos de arándanos y desapareció.

Ahora estaba él solo en el insondable bosque, pero no por ello se sentía perdido, sino que pensó: Sigo mi camino y si viene el mismísimo

diablo rezo mi padrenuestro, porque es más que suficiente.

Siguió pues su camino y vio una cabaña. Llamó a la puerta y lo recibió una anciana. Le preguntó si podía darle albergue por una noche. La anciana le contestó que sí, pero que no era gran cosa lo que podía ofrecerle, porque solo tenía una pequeña buhardilla que era así así.

—Da igual cómo sea, ahora tengo que dormir.

Sí, se pusieron de acuerdo y subió con ella al desván y entró en la habitación. Allí colgaba un gran avispero encima de la cama, y la anciana se disculpó por la presencia de aquellos huéspedes.

—No importa; las avispas son como las personas, son bondadosas hasta que se las agrede. ¿A lo mejor también hay serpientes?

—Sí, claro, tenemos unas cuantas.

—No importa; les gusta el calor de la cama, ¡así que creo que podremos entendernos! ¿Son víboras o culebras de agua? Evidentemente no soy muy exigente con la compañía, pero ¡prefiero las culebras!

La vieja se quedó sin respuesta cuando vio que el práctico se ponía a hacer la cama mostrando así la firme determinación de dormir en la habitación.

En ese momento se oyó fuera de la ventana el angustioso zumbido de un avispón que trataba de entrar.

—¡Dejemos entrar al pobrecillo! —dijo el práctico, abriendo la ventana.

—¡No, no uno de esos! ¡Mátalo! —gritó la vieja.

—¿Por qué voy a hacerlo? Quizá tenga hijos aquí que se van a morir de hambre, y entonces me voy a pasar toda la noche oyéndolos llorar, no gracias. Entra, pequeña avispa.

—Es que pica —siguió la vieja.

—Qué va, solo le pica a la gente malvada.

Y entonces abrió la ventana. Entró un avispón tan grande como un huevo de paloma; y zumbando como un bordón, voló hacia el nido. Y todo quedó en silencio.

La vieja se marchó y el práctico se metió en la cama.

Cuando a la mañana siguiente bajó a la cabaña, no encontró a la vieja; pero en la única silla había un gato negro ronroneando; los gatos son tan perezosos que están condenados a ronronear porque algo tienen que hacer.

—¡Fuera de ahí, gato! —dijo el práctico—, ahí me voy a sentar yo.

Y cogió al gato y lo puso encima de la cocina. Pero no era un gato corriente, porque empezó a echar chispas por los pelos del lomo, con el resultado de que prendió fuego a las virutas.

—Si puedes hacer fuego también podrás hacer café —dijo el práctico.

Pero los gatos son de ese talante que no quieren hacer lo que quiere otro y se puso a soplar y escupir de tal manera que apagó el fuego.

En ese momento, el práctico oyó el ruido de alguien que colocaba una pala contra la pared de la cabaña; y al mirar fuera pudo ver a la vieja, que estaba junto a un agujero que acababa de cavar en el jardín.

—Vaya, así que cavando mi tumba, ¿eh vieja? —dijo.

En ese momento entró la vieja. Al ver a Víctor sano y salvo, el asombro la puso fuera de sí; y entonces le confesó que nadie había salido con vida de aquella habitación y que por eso había estado preparando su tumba de antemano. Pero como tenía mala vista, le pareció ver que el práctico llevaba una extraña corbata.

—Ah, ¿no has visto nunca una corbata así? —dijo Víctor, pasándose la mano por debajo de la barbilla.

Allí había una serpiente que había hecho un precioso nudo con dos manchas amarillas; eran sus orejas; y los ojos brillaban como piedras preciosas.

—Enséñale a la señora tu alfiler de corbata —dijo el práctico.

Y cuando le acarició la cabeza a la serpiente, se le vieron dos alfileres en las fauces.

Entonces la vieja, pasmada, exclamó:

—Ahora veo que has recibido mi carta y que la has entendido. Eres un valiente.

—¿Así es que la carta de la máquina expendedora era tuya? —dijo el práctico, sacando la carta del bolsillo—. La voy a enmarcar cuando llegue a casa.

¿Sabéis lo que ponía en la carta? —Solo ponía «Mann muss sich nie verbluffen lassen», lo que puede traducirse por: La fortuna sonríe a los valientes.

Anne Marie, que oyó que su mamá acababa el cuento así, preguntó:

—Sí, pero ¿cómo fue que el práctico pudo ir del barco al pasaje?; ¿y ya no regresó al barco o lo había soñado todo?

—Eso te lo contaré otra vez, querida preguntona —contestó la madre.

—Sí, pero también había unos versos escritos en un libro…

—¿A qué versos te refieres? Ah, sí, los de la tienda de caracolas… pues, me he olvidado de… —dijo la madre—. Pero no hay que preguntar esas cosas; esto es solamente un cuento, ¡hijita querida!

Mann muß sich nie verbluffen lassen.

FOTOGRAFÍA Y FILOSOFÍA

Érase una vez un fotógrafo. Fotografiaba mucho; de frente y de perfil, de medio cuerpo y de cuerpo entero; y además sabía revelar y fijar, y hacer copias. ¡Era un artista! Pero nunca estaba satisfecho, porque era filósofo, un gran filósofo e inventor. Sobre todo había reflexio-

nado y llegado a la conclusión de que el mundo estaba del revés. Eso se veía muy bien en la placa cuando estaba en el revelador. Lo que era la derecha en las personas, allí era izquierda; lo que era oscuro se convertía en claro, las sombras eran luz, el azul se volvía blanco y los botones de plata se volvían oscuros como el hierro. Todo del revés.

Tenía un socio que era una persona normal, llena de pequeñas rarezas. Por ejemplo, se pasaba todo el día fumando; nunca llegó a aprender a cerrar una puerta; se metía el cuchillo en la boca, en lugar del tenedor; entraba en las casas con el sombrero puesto; se arreglaba las uñas en mitad del cuarto oscuro y, por las noches, tenía que beberse tres cervezas. Estaba lleno de defectos.

El filósofo que, en cambio, era un hombre sin tacha, sentía una cierta animosidad contra su hermano defectuoso, y quería separarse de él, pero no podía, porque los negocios los mantenían unidos; y por aquello de que tenían que mantenerse juntos, los sentimientos de ojeriza del filósofo empezaron a transformarse en un odio irracional. ¡Era terrible!

Cuando llegó la primavera, había que alquilar una casita de veraneo; el socio fue enviado a conseguir una. Y la consiguió. Después los dos socios fueron un sábado a verla en el vapor. El filósofo estuvo todo el viaje en cubierta bebiendo *punsch*. Era muy corpulento, lo molestaban diversos males, algo del hígado; y también tenía problemas en los pies, tal vez reumatismo o algo así. Una vez llegados a su destino, bajaron a tierra.

—¿Es aquí? —preguntó el filósofo.

—Hay que andar solo un poquito —contestó el socio.

Caminaron por un sendero plagado de raíces de árbol; y de pronto el sendero quedó cortado por una valla. Había que franquearla. Luego siguieron por un sendero pedregoso. El filósofo se quejaba de los pies, pero pronto lo olvidó, porque se encontraron con otra valla que también había que franquear. Luego desapareció el sendero como por arte de magia; había que seguir andando sobre rocas peladas y abrirse camino entre arbustos y matorrales de arándanos.

Detrás de la tercera valla, había un toro que persiguió al filósofo hasta la cuarta valla, con lo cual este se encontró empapado en un buen baño de sudor que le abrió los poros. Tras la sexta cerca, vieron la casita. El filósofo entró y salió a la veranda.

—¿Por qué hay tantos árboles? —dijo. Tapan la vista.

—Bueno, deben protegernos del viento marino —le contestó el socio.

—Y esto parece un cementerio; vivimos en mitad de un bosque de abetos.

—Es muy saludable —le dijo el socio.

Luego se fueron a bañar. Pero no había playa en el sentido filosófico del término. Allí no había más que lodo sobre un fondo de piedras.

Tras el baño, el filósofo fue a beber un vaso de agua de la fuente. Era un agua marrón, con sabor amargo. No estaba buena. Nada estaba bien. No se podía comprar carne, lo único que había era pescado.

El filósofo se puso taciturno y se sentó debajo de un ricino para lamentarse. Pero tenía que quedarse; y el socio regresó a la ciudad para ocuparse del negocio durante las vacaciones de su compañero.

Habían pasado seis semanas cuando el socio regresó al lado de su filósofo.

En el muelle había un joven esbelto con mejillas sonrosadas y el cuello bronceado. Era el filósofo, rejuvenecido y amante de la vida.

Pasó las seis cercas saltando, y hasta hizo huir al toro delante de ellos.

Cuando llegaron a la veranda, el socio le dijo:

—Tienes un aspecto muy saludable, ¿cómo lo has pasado?

—Pues ¡muy bien! —dijo el filósofo—. Las vallas me han quitado la grasa; las piedras me han masajeado los pies; el lodo me ha dado baños que me han curado el reumatismo; la comida sencilla me ha curado el hígado; el bosque de abetos, los pulmones y, fíjate, el agua marrón de la fuente tenía hierro, que era precisamente lo que necesitaba.

—Sí, sí, querido filósofo —dijo el socio—. De la placa negativa se saca una positiva, donde las sombras vuelven a ser luces. Si quisieras hacer una placa así de mí y buscar los defectos de los que carezco, no me odiarías. Piensa un poco: yo no me emborracho, y por eso llevo bien el negocio; no robo; nunca hablo mal de ti; no me quejo nunca; nunca convierto blanco en negro; nunca soy maleducado con los clientes; me levanto pronto por las mañanas; me limpio bien las uñas para mantener el revelador limpio; llevo el sombrero puesto para que no caigan pelos en las placas; fumo para limpiar el aire de los vapores venenosos; bebo cerveza por las noches, para no caer en el whisky, y me meto el cuchillo en la boca para no pincharme con el tenedor.

—Tú eres realmente un gran filósofo —dijo el fotógrafo; ¡ahora vamos a ser amigos! Y vamos a llegar lejos.

MEDIO PLIEGO DE PAPEL

El último cargamento del traslado había partido ya; el inquilino, un hombre joven con cinta de luto en el sombrero, recorrió una vez más el piso para ver si había olvidado algo. —No, no había olvidado nada, nada en absoluto; y se dirigió al vestíbulo firmemente decidido a no volver a pensar en lo que había vivido en aquel piso. Pero

¡miren!, en el vestíbulo, al lado del teléfono, había quedado clavado medio pliego de papel, y estaba completamente escrito con letras diferentes; algunas claras, con tinta, otras garabateadas con lápiz negro o rojo. Allí estaba toda esa hermosa historia que había ido aconteciendo en el corto espacio de dos años; todo lo que él quería olvidar estaba allí; un trozo de vida humana en medio pliego de papel.

Desprendió el pliego; era de ese papel de borrador amarillo que brilla. Lo puso sobre la repisa de la chimenea de la sala e, inclinado sobre ella, leyó. Primero estaba su nombre: Alicia, para él entonces el nombre más bello que imaginar pudiera, porque era el nombre de su novia. Y el número 151,1. Parecía el número de un salmo de iglesia. Después estaba: Banco. Era su trabajo, el sagrado trabajo que daba el pan, el hogar y la esposa; el fundamento de la existencia. ¡Pero estaba tachado! Porque el banco se había venido abajo y él se salvó en otro banco, no sin haber pasado un cierto tiempo de muchas preocupaciones.

Luego ponía ya: La floristería y el cochero. Era la petición de mano, cuando él tenía el bolsillo lleno de dinero.

Después: El vendedor de muebles, el tapicero. Está poniendo casa. Agencia de mudanzas: se instalan.

La taquilla de la Ópera: 50,50. Son recién casados y los domingos van a la Ópera. Sus mejores momentos cuando, sentados en silencio, se encuentran en belleza y armonía en el país de fábula, al otro lado del telón.

Aquí sigue un nombre de hombre que está tachado. Era un amigo que había alcanzado una cierta posición en la sociedad, pero que no fue capaz de soportar la fortuna, sino que cayó irremediablemente, y tuvo que marcharse muy lejos. ¡Así de frágil es todo en la vida!

Aquí se nota que algo nuevo ha hecho su aparición en la vida de los esposos. Pone, con letra de mujer y a lápiz: «La matrona». ¿Qué matrona? Sí, sí, aquella del abrigo largo y cara amable y compasiva, que llega sin hacer ruido y jamás pasa por la sala, sino que se va por el pasillo hacia la alcoba.

Debajo de su nombre, pone: Doctor L.

Por primera vez aparece aquí el nombre de un familiar. Dice: «Mamá». Es la suegra que se ha mantenido discretamente aparte para no

molestar a los recién casados, pero a quien ahora se acude en el momento de apuro y viene feliz, porque se la necesita.

Ahora da comienzo una serie de garabatos en azul y en rojo. La agencia de colocación: la sirvienta se ha ido o hay que buscar una nueva. La farmacia. ¡Ay! Se ensombrece el panorama. La lechería. Se encarga leche pasteurizada.

¡La tienda de ultramarinos, el carnicero, etc.! La casa empieza a llevarse por teléfono; entonces es que la señora no está en su sitio. No. Porque está en cama.

Lo que seguía después él ya no fue capaz de leerlo, porque empezaron a nublársele los ojos, como debe de suceder al que se ahoga cuando trata de ver a través del agua salada. Pero allí decía: La funeraria.

¡Esa es la explicación! Uno grande y uno pequeño, sobreentendido: ataúd. Y entre paréntesis ponía: De cenizas.

¡Después ya no había más! Con cenizas terminaba; y así es.

Pero él cogió el papel sol, lo besó y lo puso en su bolsillo interior.

En dos minutos había revivido dos años de su vida.

No iba encorvado cuando salió; llevaba, por el contrario, la cabeza erguida como un hombre feliz y orgulloso, porque sentía que, a pesar de todo, había tenido lo más hermoso. ¡Cuántos infelices no tienen esa suerte!

EL TRIUNFADOR Y EL BUFÓN

Fue aquella noche de primavera de 1880 la que nosotros, los suecos, no olvidamos nunca, porque la celebramos todos los años; y sucedió en Blockhusudden aquella noche inolvidable. Allí había una pareja anciana, gente de campo, personas sencillas, que habían caminado juntas la mayor parte de su dura vida. Oteaban la ruta de los veleros, que estaba envuelta en tinieblas, bajo las estrellas lacrimosas, y observaban a un hombre que, en la oscuridad, estaba en el muelle manipulando algo desconocido. Allí estuvieron mucho, mucho tiempo; ya mirando el oscuro canal, ya contemplando la gran luminosidad que desprendía la ciudad.

Por fin vieron un farol en la bahía, dos faroles, muchos faroles. Entonces se apretaron mutuamente las manos y, en silencio, bajo las estrellas, dieron gracias a Dios por haberles devuelto a su hijo, que comparte el honor de haber participado en la gran hazaña, la de haber circunnavegado Asia, y al que durante un año habían llorado por muerto.

Obviamente, no había sido el más notable de la expedición, pero había participado en ella; y ahora iba a cenar con el rey, iba a recibir la medalla del reino y a ser destinado a un puesto que podría proporcionarle el pan, ya que el Parlamento había votado una recompensa nacional en dinero contante y sonante.

Los faroles se fueron haciendo más grandes y acercándose; un pequeño vapor remolcaba

una bricbarca grande y oscura que, vista de cerca, parecía bien poca cosa, como suele pasar con tantas cosas grandes.

Y entonces vieron encender una cerilla al hombre que manipulaba el extraño artilugio en el muelle.

—¿Qué puede ser? —dijo el viejo—. Parecen cirios, cirios enormes.

Y se acercaron para verlo mejor.

—Parecen soportes para secar las artes de pesca —dijo la anciana, que era de la costa.

Se oyó: ¡Zis! ¡Ras! ¡Bang! ¡Sss sss sssiiii! Y los ancianos se vieron envueltos en llamas y humo.

Grandes ramilletes de fuego ascendían hacia las estrellas del cielo y una vez arriba, alumbraban otras; si algún astrónomo hubiera podido verlas desde su observatorio, habría creído que habían surgido nuevas estrellas en la bóveda celeste.

Y algo nuevo llegó al cielo y a la tierra en el año 1880, porque llegaron nuevas ideas a las nuevas mentes y nuevas luces y nuevos descubrimientos. Con el nuevo trigo llegaron también las malas hierbas; pero las malas hierbas siempre deben estar allí, dando humedad y sombra para, en el tiempo de cosecha, ser sepa-

radas del trigo. Pero deben ir *con* él, son *parte* del todo, lo acompañan como la paja al grano.

Fue un espléndido cajón de fuegos artificiales; y cuando el humo se hubo disipado —porque el humo siempre acompaña al fuego—, se acabó el espectáculo.

—¡Hubiera sido divertido haber estado hoy en la ciudad! —dijo la anciana.

—¡Qué va! —dijo el anciano. No hubiésemos hecho más que estorbar, y la gente sencilla que se mete en primera fila a codazos pronto tiene reputación de vanidosa. Al hijo lo veremos mañana, cuando se libere de la novia, que ahora le importa más que nosotros.

Sensatas palabras las que dijo el anciano, y los ancianos deben tener sensatez, porque si no, ¿quién la va a tener?

¡Y se encaminaron a la ciudad!

★

¡Ahora vamos a ver qué había sido de su hijo!... Él era el hidrógrafo del barco, y había medido la profundidad del mar, la altura de la tierra y los aparentes movimientos del cielo; podía decir la hora que era simplemente mirando al cielo, y sabía cuánto habían viajado solo

con mirar a las estrellas. Era un hombre grande, y él pensaba también que disponía del cielo y la tierra, que medía el tiempo y ajustaba el reloj de la eternidad. Ahora que había estado invitado en la mansión del rey y que había recibido la medalla con estrella que llevaba en el pecho, se sentía superior a los demás; no se mostraba altivo con sus padres menesterosos o con su novia, pero ellos lo sentían así, aunque no decían nada. Y quizá él fuese un poco estirado, porque así lo había criado la naturaleza.

Bueno, ya habían pasado los festejos en la capital, y la ciudad estudiantil también quería rendir homenaje a los héroes. Y allí fueron.

Hay que decir que los estudiantes son gente aparte, que no hacen más que leer libros con el doctor Sabelotodo, y por eso creen que saben más que los demás. Y son jóvenes y, por tanto desconsiderados y crueles.

Después de la comida, durante la cual los viejos doctores pronunciaron discursos razonables y respetuosos en honor de los navegantes, estaba previsto que los estudiantes organizaran por la tarde una fiesta con un desfile.

El Hidrógrafo estaba sentado en el balcón con su novia, junto con los notables: sonaban las campanas de las iglesias, disparaban los cañones;

sonaban las trompetas, atronaban los tambores, flameaban las banderas y se agitaban los brazos. Y llegó el desfile.

Lo encabezaba el barco, con marineros y todo; luego venían las morsas y los osos polares, con todo lo que los acompaña; luego venían estudiantes disfrazados que representaban a los héroes del momento. El mismísimo Grande estaba allí, con su abrigo de piel y sus gafas. Se podría pensar que era un tanto irreverente y discutible el honor de ser pintado de esa manera; pero ¡podía pasar! En todo caso, la intención era buena. Luego venían, uno tras otro, todos los héroes representados por estudiantes disfrazados.

El último era el Hidrógrafo. Ciertamente no era un hombre guapo, pero eso no le hace falta a un hombre, le basta con ser un buen Hidrógrafo o ser bueno en cualquier otra cosa. Pero ¡cómo lo habían pintado! Para representarlo habían elegido a un hombre realmente feo y, además, gruñón. Eso aún podía pasar; pero la naturaleza le había dado un brazo demasiado corto, y eso también lo habían incluido. Y eso no estaba bien, porque un defecto físico es algo de lo que uno no es culpable.

Pero cuando el bufón que hacía de Hidrógrafo se acercó al balcón, entonces dijo algo

con acento de Escania que pretendía ridiculizar al Hidrógrafo, porque este era de Escania. Y eso estaba mal hecho, porque cada uno habla su idioma tal como lo ha aprendido de su madre y eso hay que honrarlo.

Que toda la gente se riese fue solo por educación, es lo que se hace cuando a uno lo divierten gratis; y que la novia se sintiese herida en su corazón, eso entraba en lo normal, porque a ella no le gustaba ver a su futuro esposo ridiculizado.

En su interior, el Hidrógrafo se quedó sombrío y mudo. Para él ya había desaparecido toda la alegría de la fiesta. Pero no lo exteriorizó, porque entonces lo iban a considerar un estúpido que no entendía las bromas.

Pero ¡aún faltaba lo peor! El bufón se fue acercando, bailando, e interpretó una bufonada pensada como una charada del nombre del Hidrógrafo, el apellido que había recibido de su padre y el nombre que le había dado su madre en la pila bautismal, y que para él eran como sagrados, y que nunca había querido cambiar, aunque eran un poco ostentosos.

Entonces quiso levantarse y marcharse, pero su novia lo retuvo y permaneció sentado.

Cuando había pasado el desfile y todos los del balcón se habían puesto en pie, el Grande se acercó a la novia del Hidrógrafo, le puso una amistosa mano en el hombro, y le dijo con su sonrisa bonachona:

—Tienen una rara manera en este país de celebrar a sus grandes personajes. Pero ¡hay que aguantarlo!

Por la noche hubo otra fiesta a la que también asistió el Hidrógrafo; pero la alegría lo había abandonado, se sentía muy pequeño tras haber sido ridiculizado por el bufón; era más insignificante que el bufón que había tenido gran éxito en su papel de bromista; y por eso se sentía abatido e inquieto por el futuro, dudando de sí mismo. Y adondequiera que fuese por el gran jardín, veía su imagen distorsionada en el bufón, que estaba por todas partes. Y veía sus defectos ampliados, sobre todo su vanidad, y su grandilocuencia caricaturizada; y lo peor era que se habían sacado a la luz sus pensamientos y sus inclinaciones más secretas.

Durante tres penosas horas tuvo tiempo de repasar el libro de cuentas de su conciencia; y lo que ninguna persona se había atrevido a decirle se lo había dicho el bufón. Es bueno conocerse a sí mismo; Sócrates lo llamaba incluso el bien supremo, y al final de la noche el Hidrógrafo había conseguido vencerse a sí mismo

al reconocer sus debilidades, y estaba decidido a cambiar.

Entonces pasó al lado de un grupo y oyó decir a una voz detrás de una valla:

—Es notable lo que ha cambiado el Hidrógrafo ¡para mejor! Es una persona realmente buena.

Eso le hizo mucho bien en el corazón. Pero lo que le alegró en lo más íntimo de su alma fueron las palabras de su novia:

—¡Eres muy bueno esta noche y por eso estás muy guapo!

¿Guapo, él? Eso hubiera sido un milagro, y eso son cosas que ya no ocurren en estos tiempos, pero él debía creer en ello, ya que sabía que era feo.

Finalmente, el Grande tocó suavemente con el cuchillo en la copa y pronunció un discurso que empezó más o menos así:

—Cuando el Vencedor Romano hacía su entrada triunfal, había siempre detrás de él, en el carro, un esclavo diciéndole mientras recibía el homenaje del Senado y del pueblo: «¡Recuerda que solo eres un hombre!». Y junto a la cuadriga del triunfador iba un bufón que minimizaba el valor de la victoria con sus insultos, y el carácter del triunfador con sus canciones difamatorias. Era una excelente costumbre, porque no hay nada tan peligroso para un hombre como creerse dios, y no hay nada que desagrade tanto a los dioses como la vanidad de los hombres.

Mis jóvenes amigos; tal vez se haya exagerado la hazaña que hemos realizado los que regresamos a la patria; quizá la embriaguez de la victoria se nos haya subido a la cabeza, y por eso nos ha sido beneficioso ver vuestro desfile; no porque le envidie al bufón su papel o me haya dejado embaucar por vuestra buena intención, ni mucho menos, pero os agradezco este homenaje algo extraño que nos habéis ofrecido. Eso me enseñará que todavía tengo mucho que conquistar, y siempre me recordará, cuando el endiosamiento me tiente, que ¡solo soy un hombre!

—Bravo —gritó el Hidrógrafo.

Y la fiesta siguió sin incidentes, en plena alegría y júbilo, sin que molestase siquiera el bufón que, avergonzado, se había retirado y no se le veía por ningún sitio.

¡Eso en lo tocante al Hidrógrafo y al Grande! Ahora vamos a ver lo que le pasó al bufón.

El bufón, que había permanecido de pie junto a la mesa durante el discurso del Gran-

de, había recibido del Hidrógrafo una de esas miradas que, como una pequeña flecha de fuego, puede encender una gran fortificación. Y el bufón estaba obsesionado, como si se hubiesen prendido fuego sus ropas, cuando salió a la noche. No era un hombre bueno. Evidentemente, bufones y verdugos son también seres humanos, pero no de los mejores. Tenía también muchos defectos y debilidades, como todos nosotros, pero sabía ocultarlos. Entonces ocurrió algo extraño. Después de haber estado todo el santo día imitando al Hidrógrafo y bajo los efectos de la bebida, se había metido tan profundamente en la piel de su personaje que no podía salir de él; y las debilidades y defectos del Hidrógrafo, tal como los había representado, se habían metido en él; y la mirada del hidrógrafo, de la que ya hemos hablado, los había hundido en el fondo de su alma, tal y como se empuja la carga de pólvora con un atacador en un fusil de avancarga. Estaba cargado del Hidrógrafo y, por eso, cuando salió a la calle, se puso a berrear y a pronunciar grandes discursos. Pero esta vez tuvo mala suerte. Llegó un policía y le pidió que se callase. El bufón le contestó con una gracia dicha con el acento de Escania del Hidrógrafo. ¡Y quién lo iba a pensar! El policía, que daba la casualidad que era de Escania, se lo tomó a mal y se llevó al bufón al calabozo. El caso es que los bufones tienen tanta dificultad para entender lo serio como los policías las bromas, y por eso el bufón ofreció una violenta resistencia a la intervención policial, con la consecuencia de que la porra salió a relucir y resultó en una soberana paliza.

¡Y luego lo soltaron!

Uno puede pensar que ya era castigo suficiente, pero ¡no lo era!

El bufón no se sintió mejorado por el castigo; más bien se sintió amargado en su alma, y salió como un indio sioux por el sendero de guerra para ver en quién podía vengarse.

El azar, o algún otro, llevó sus pasos a la calle del fielato y a un barrio de campesinos. En torno a una mesa de la taberna había molineros y campesinos bebiendo en honor al Gran Hombre a la luz de un farol. Cuando vieron al bufón, lo tomaron por el Hidrógrafo, y se sintieron muy halagados al ver que este quería ser tan sencillo que se mezclaba con ellos para beber un vaso de vino.

En ese momento, el espíritu vanidoso del Hidrógrafo voló como una chispa en el polvorín del bufón y prendió fuego. Empezó con un discurso sobre sus hazañas, como si hubiese sido

el que había dirigido la expedición, ya que si él no hubiera medido la profundidad del mar hubiesen encallado; y si no hubiese leído en las estrellas jamás hubiesen encontrado el camino de regreso.

¡Plaf!, sonó. Al bufón le habían dado con un huevo en el entrecejo.

Y el molinero habló así:

—El Hidrógrafo es un fanfarrón; eso ya lo sabíamos, y es él quien ha escrito en el periódico que el Grande era un cuentista.

En ese momento salió a relucir en la cabeza del bufón la otra debilidad del Hidrógrafo y dijo lo que no era cierto:

—El Grande *es* un farsante.

Esto era demasiado, y los campesinos no se lo tragaron. Se rebelaron; y después ataron al bufón con unas tiras de piel de buey a un saco lleno de harina. Después le maquillaron la cara con la más fina harina de trigo bien cernida; lo tiznaron con la mecha del farol. Y mientras tanto un aprendiz de molinero lo cosió al saco con una aguja de apuntar e hilo de velas.

Pero aún no había acabado. Con el farol abriendo camino, el ejército de campesinos arrastró el carro con el saco de harina y el bufón por la calle, hasta la Plaza Mayor.

Y allí expusieron al bufón ante el pueblo que se reía. ¡Le estaba bien empleado!

Cuando logró soltarse, se apartó, se sentó en unos escalones y se echó a llorar. Un hombre hecho y derecho, llorando. Casi daba pena.

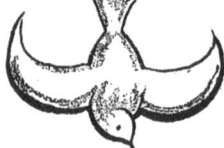

CUANDO EL PAPAMOSCAS LLEGÓ AL ESPINO CERVAL

Cuando uno se encuentra en el puerto donde están amarrados los barcos de vapor y mira a lo lejos, ve a su izquierda una colina completamente cubierta de joven bosque verde y, detrás de ella, una casa grande construida en forma de araña. Porque en el centro hay una rotonda de la que salen ocho alas, exactamente igual que las ocho patas del redondo cuerpo de la araña. El que entra en esa casa, no sale cuando quiere; y algunos están allí el resto de su vida. Es la cárcel.

En tiempos de Oskar I, la colina no era verde. Al contrario, era gris y pelada, porque allí no crecía nada, ni musgo, ni trinitarias que parecen encontrarse bien en rocas desnudas. Allí solo había granito gris y gentes grises que parecían petrificadas, que picaban la piedra, hacían estallar la roca y transportaban piedras. Entre esas personas de la edad de piedra había uno que parecía más petrificado que los demás. Era un mozo cuando, en tiempos de Oskar I fue encerrado en esta cárcel por haber matado a una persona.

Estaba condenado a cadena perpetua, y en sus ropas grises habían escrito en negro las letras C.P.

Invierno y verano andaba por la colina picando piedra. En invierno veía el puerto de los vapores desierto y vacío; el arco del muelle con sus postes como una dentadura, y entonces podía ver también la gran leñera, el picadero y los

dos gigantescos tilos sin hojas. A veces pasaba un velero de hielo, a veces algunos chicos patinando. El resto del tiempo estaba desierto y en silencio.

Cuando llegaba el verano, todo era mucho más alegre. Entonces navíos rutilantes, recién pintados y con banderas flameantes, orlaban el puerto. Verdecían los tilos bajo los que había estado de niño cuando esperaba a su padre, que era maquinista en uno de los vapores más hermosos.

Ahora hacía ya muchos años que no había oído el susurro del viento en el follaje, porque no crecía nada en su roca, pero en su recuerdo vivía el susurro de los tilos de Riddarholmen como lo único que echaba de menos.

Si algún día de verano pasaba un vapor cerca del islote, oía el chapoteo del oleaje, a veces música de viento; contemplaba alegres rostros que se ensombrecían al distinguir a los hombres de piedra grises en la colina.

Entonces él maldecía cielo y tierra, maldecía su destino y la crueldad de los hombres. Así había maldecido año tras año, y sus camaradas y él se habían maldecido y atormentado mutuamente día y noche; porque el crimen separa, mientras que la desgracia une a los que sufren.

Al principio la vida era innecesariamente cruel y los guardianes maltrataban a los presos, caprichosa, implacablemente. Pero un día tuvo lugar un cambio: la comida mejoró, el trato se hizo menos violento, y cada preso pudo dormir en una celda individual. Fue el propio rey el que había aliviado las cadenas de los presos; pero como la desesperanza había petrificado el corazón de aquellos desgraciados, no podían sentir nada parecido a la gratitud, y siguieron maldiciendo y encontraron que era más divertido dormir varios en la misma celda, porque así podían hablar por las noches. Y seguían quejándose de la comida, de las ropas, de los guardianes, exactamente igual que antes.

Un buen día sonaron todas las campanas de la ciudad, sobre todo las de la iglesia de Riddarholmen. El rey Oskar había muerto y los presos tenían un día libre. Como podían hablar unos con otros, hablaron de planes de fuga, de cómo iban a matar al guardián, y hablaron también del rey muerto; y muy mal hablaron de él.

—Si hubiera sido justo nos habría puesto en libertad —dijo un preso.

—O habría encarcelado a todos los delincuentes que están libres.

—Entonces habría tenido que ser director de prisión, porque la nación entera habría ido a la cárcel.

Así son los presos, que consideran que toda la gente es delincuente, y que ha dado la casualidad de que ellos simplemente han caído porque han tenido mala suerte.

Sin embargo, era un caluroso día de verano cuando el hombre de piedra, paseando por la ribera, escuchaba el toque de difuntos por Oskar el Bueno. Buscaba japutas y picones debajo de las piedras de la ribera, pero no había; y en el agua, un poco más adentro, tampoco se veían gobios ni alburnos; por lo tanto, tampoco aparecían gaviotas o golondrinas de mar. Entonces sintió más fuerte la maldición que pesaba sobre el lugar, al que ni siquiera querían acercarse peces o aves. Y volvió a pensar en su destino: había perdido su nombre, su nombre de pila y su apellido, y ahora se llamaba número 65. Un nombre que se escribía con cifras en lugar de con letras. No estaba empadronado, no pagaba impuestos, no sabía cuántos años tenía. Ya no era una persona viva; pero tampoco muerta. No era nada. Solo algo gris que se movía en la colina y al que el sol le quemaba horriblemente las ropas, la cabeza, con el pelo, que una vez fueron bucles que peinaba la dulce mano de la madre los sábados, cortado al cero. Hoy no podía llevar gorra, porque eso le hubiese facilitado la fuga.

Y cuando el sol le quemaba la cabeza, se acordó de que el Señor le había proporcionado a Jonás un ricino para que pudiese sentarse a su sombra.

—Y qué es lo que recibió después —se burló; ¡porque él no creía en nada bueno! ¡Absolutamente en nada!

En ese momento vio una gran rama de abedul que se mecía en el agua. Era completamente verde, con un tronco blanco, y pudo haber caído de alguno de los vapores de recreo que pasaban. La sacó del agua, la sacudió bien para secarla, se la llevó lejos, a una grieta en la colina, donde la colocó apuntalada por tres piedras. Y se sentó a la sombra del abedul y oyó cómo la brisa movía suavemente el follaje que olía a la más delicada de las resinas.

Tras haber permanecido sentado un rato a la sombra, se durmió.

Y se puso a soñar:

Toda la colina era un bosquecillo verdeante con deliciosos árboles y aromáticas flores. Trinaban los pájaros, zumbaban las abejas y abejorros y aleteaban las mariposas. Pero solo, aislado de todo, había un árbol que no conocía; y era más hermoso que los demás, porque tenía varios troncos como los arbustos; y las ramas formaban filigranas como en un encaje. Y

debajo de su reluciente follaje había un pajarillo blanco y negro que parecía una golondrina, pero que no lo era.

Y en el sueño sabía interpretar el trino de los pájaros, y por eso escuchó y comprendió más o menos lo que cantó el pájaro. Cantaba:

¡En fango, en fango, en fango moriste
Del fango, del fango, del fango resucitaste!

Trataba de fango, muerte y resurrección, eso lo entendió.

Pero el sueño seguía. Estaba en la roca de pie, solo bajo el ardiente sol, sufriendo sed y hambre.

Todos sus compañeros lo habían rechazado y amenazado de muerte, porque él no había querido participar en el incendio de la cárcel. Se habían juntado todos para marginarlo, y lo perseguían a pedradas por la colina. Y ahora lo detenía un muro.

No veía posibilidad alguna de saltarlo; en su desesperación decidió lanzarse de cabeza contra el muro y matarse.

Se lanzó a toda velocidad colina abajo; y en ese instante se abrió una puerta, una puerta verde de jardín… y… entonces ¡se despertó!

Pensando sobre su situación y viendo que el delicioso bosquecillo del sueño se limitaba a la rama de abedul, se sintió descontento en su mente y se dijo:

—¡Si al menos hubiese sido un tilo!

Y aguzando el oído encontró que el susurro del abedul era bastante burdo, parecía el que producen la arena y la gravilla cuando pasan por un cedazo: el tilo sí sabía crear una música suave que llegaba al corazón.

Al día siguiente la rama de abedul estaba marchita y apenas daba sombra.

Días después, las hojas estaban secas como trozos de papel y crujían como dientes. Y finalmente, en la grieta solo había una rama de abedul seca, sin hojas que le recordaba las varas de su infancia.

Entonces volvió a pensar en el ricino del profeta, y maldijo el sol que le quemaba la cabeza.

*

Había un nuevo rey y el Gobierno y la administración del reino cobraron un nuevo impulso. Se iban a construir nuevos canales de navegación en la ciudad. Por eso mandaron a los presos en gabarras a dragar el fondo.

Fue la primera vez que en muchos, muchos años, pudo abandonar su roca. Y volvió a navegar por las aguas, vio mucho de nuevo en su ciudad natal; sobre todo vio la nueva línea del ferrocarril y locomotoras de vapor. Y fue al pie de la estación donde iban a dragar.

Empezaron a sacar toda la porquería que había en el fondo del lago. Sacaron gatos muertos y zapatos viejos, grasa podrida de la fábrica de velas de cera, restos de tinte de la tintorería Blå Hand, cortezas de las tenerías y toda la miseria humana que las lavanderas, a lo largo de cien años, habían vertido de los lavaderos.

Y salía un olor a azufre y amoniaco tan insoportable que solo un preso podía aguantarlo.

Cuando la gabarra estuvo llena, los presos se preguntaron dónde iban a descargar toda aquella porquería. La respuesta la obtuvieron cuando el piloto puso rumbo a su propio roquedal. Allí se descargó la suciedad, sobre la colina, donde pronto quedó apestado el aire. Caminaban en suciedad y se manchaban ropas, manos y caras.

—¡Esto es el infierno! —dijeron los presos.

Durante un par de años dragaron y descargaron la basura en la roca, que finalmente llegó a desaparecer.

La blanca nieve del invierno cayó como todos los finales de otoño, cubriendo con una blanca sábana toda la suciedad.

Y cuando llegó la última primavera y se derritió la nieve, el mal olor había desaparecido y el barro empezaba a parecer tierra. Aquella primavera se acabó el dragado, y nuestro Hombre de piedra pasó a trabajar en la forja de manera que no volvió a la roca. Pero una vez en otoño llegó a escondidas hasta allí y vio algo sorprendente. Crecían plantas en lo dragado. Plantas feas, grasas, sí, pero plantas. La más abundante era la llamada cáñamo acuático, que se parece a la ortiga, pero con flores marrones, lo que es feo, porque las flores tienen que ser blancas, amarillas, azules o rojas. También había ortigas auténticas con flores verdes, y cardos, acederas, abrojos, armuelles; todas las más feas, punzantes, urticantes y hediondas, que no le gustan al hombre y que aparecen

en basurales, terrenos quemados y el barro del dragado.

—¡Limpiamos el lago y nos pagaron con suciedad! —dijo el preso—. ¡Esas son las gracias!

Llegó un día en que lo llevaron a una nueva cantera. Iban a construir una fortificación y volvió a trabajar con la piedra; ¡piedra, piedra, piedra!

Allí perdió un ojo y fue golpeado de vez en cuando. Y allí estuvo tanto tiempo que el nuevo rey murió y tuvo un sucesor. El día de la coronación se iba a indultar y a poner en libertad a un preso. El que mejor se hubiera portado y hubiera comprendido que había obrado mal sería indultado. ¡Y así fue! Pero entonces a los otros prisioneros les pareció que se había cometido una injusticia con ellos, porque en sus ambientes se consideraba que era un pobre hombre aquel que se arrepentía de «aquello que no era culpa suya».

Y pasaron los años. Nuestro Hombre de piedra era ya muy viejo y, como no tenía fuerzas para realizar trabajos pesados, lo devolvieron a su roca, y allí lo pusieron a coser sacos.

Un día llegó el pastor y se detuvo a hablar con el Hombre de piedra, que estaba cosiendo.

—Bien —dijo el pastor—, ¿no vas a salir nunca de aquí?

—¿Hay forma de hacerlo? —contestó el Hombre de piedra.

—Sí, cuando tengas conciencia de que has hecho mal.

—Si veo una persona que hace más de lo que es justo, entonces creeré que he obrado mal. Pero no lo encontraré nunca.

—Más de lo que es justo, eso es caridad. ¡Ojalá la experimentes pronto!

Un día mandaron al Hombre de piedra a abrir caminos en la roca, roca que no había visto en quizá veinte años.

Era otra vez un día de verano; hacía calor y los vapores pasaban deslizándose, hermosos como mariposas.

Cuando llegó al cabo, ya no vio la roca sino un delicioso bosquecillo verdeante, donde las hojas brillaban al viento como las pequeñas olas en el mar. ¡Allí había abedules altos y blancos y álamos, y la ribera la bordeaban alisos!

Era como en el sueño que había tenido. Y bajo los árboles susurraba la hierba y se inclinaban las flores y volaban abejorros y aleteaban mariposas. Y cantaban pájaros de toda especie, pero no entendía su canto, y de ello dedujo que aquello no era un sueño.

La colina de la maldición se había convertido en bendición, y no pudo evitar pensar en el profeta y el ricino.

—¡Esto es la gracia y la caridad! —dijo alguien en su interior, una voz o una exhortación o como se pueda llamar.

Y cuando pasó un vapor, no se ensombrecieron los rostros, sino que se iluminaron a la vista del espléndido verdor, sí, a él le pareció que alguien lo saludaba con la mano, como se suele hacer cuando se pasa frente a una casita de veraneo.

Caminó por un sendero bajo árboles rumorosos. No eran en realidad tilos, pero no se atrevía a desear un tilo por miedo a que los abedules se secasen y se transformasen en varas; había aprendido eso, al menos.

Y siguiendo por el sendero, vio a lo lejos un muro blanco con una valla de tablas verde.

Y oyó que alguien tocaba, algo que no era un órgano, ya que era más alegre y rápido en sus movimientos. Por encima del muro vio el hermoso tejado de un chalé, y una bandera azul y gualda ondeaba al viento.

Y por encima del mismo muro vio una pelota de brillantes colores subir y caer; voces infantiles y el ruido de platos y vasos le decían que estaban poniendo una mesa.

Llegó a la valla y vio… Los lilos en flor; y bajo sus ramas estaban poniendo una mesa; niños que jugaban, tocaban música, cantaban.

¡Esto es el paraíso! —le dijo la voz.

Se quedó un buen rato mirando; tanto que él, el anciano, se desplomó de cansancio, de hambre, de sed, de todas las miserias de la vida.

Entonces se abrió la puerta de la valla y salió una niña con un vestido claro. Llevaba en la mano una bandeja de plata y en ella una copa de vino, que era el más rojo que había visto nunca. Y la niña fue hasta el viejo y le dijo:

—Ven, buen hombre, que voy a darte un poco de vino.

El viejo cogió la copa y bebió. Era un vino de ricos, que venía de lejos, de los países del sol;

y sabía como el dulzor de la vida cuando la vida está en su apogeo.

—¡Esto es caridad! —dijo su propia voz, rota y vieja—. Pero tú, querida niña, en tu inocencia no me habrías ofrecido el vino si hubieras sabido quién era. ¿Sabes quién soy?

—Sí, claro que lo sé, ¡eres un preso! —contestó la niña.

—¡Lo sabías! Y sin embargo… Esto es caridad.

Cuando el viejo Hombre de piedra regresó, ya no era de piedra, sino que algo había empezado a crecer también en él.

Y, cuando pasaba una cuesta, vio un árbol con muchos troncos, como si fuese un arbusto. Era el árbol más hermoso de todos, era un espino cerval, pero eso no lo sabía el viejo. En el árbol revoloteaba un pajarillo inquieto, blanco y negro como una golondrina, y al que la gente llama golondrina de los árboles, aunque se llama de otra manera. Se posó en el fondo del follaje y cantó triste y suavemente:

¡En fango, en fango, en fango moriste
Del fango, del fango, del fango resucitaste!

Era exactamente como en el sueño; y entonces comprendió el viejo lo que había querido decir el papamoscas.

LOS SECRETOS DEL SECADERO DE TABACO

Érase una vez una joven que cantaba en la ópera. Era guapa, tanto que la gente se volvía en la calle para mirarla, y cantaba como muy pocos.

Entonces el director de orquesta y compositor le ofreció su reino con su corazón. Ella aceptó el reino, pero no el corazón.

Era grande, más grande que nadie; y se paseaba en landó por las calles y saludaba con una leve inclinación de cabeza a sus retratos, que adornaban los escaparates de las librerías.

Aún llegó a ser más grande, y salió en postales, en jabones y cajas de puros. Finalmente colgaron su retrato en el vestíbulo del teatro, junto a los muertos inmortales; y entonces, hablando claro, se hinchó de vanidad.

Un día estaba en el muelle, un día en que el mar estaba muy agitado y las corrientes eran fuertes. A su lado estaba el director de orquesta, claro, y también otros muchos jovencitos. La bella jugaba con una rosa; rosa que todos querían, pero que únicamente iba a ser para aquel que pudiera cogerla.

Y tiró la rosa lejos, en medio de las olas. Los jovencitos se quedaron largo rato mirando la rosa, pero el director de orquesta se lanzó inmediatamente al mar, nadó como una gaviota sobre las olas y pronto tuvo la flor entre los labios.

Entonces estalló un aplauso en el muelle, y el que estaba en el agua vio en los ojos de ella

que lo amaba. Pero cuando iba a regresar a tierra, no podía moverse del sitio. Había corrientes que lo llevaban hacia alta mar, pero ella no lo entendió, sino que pensaba que estaba jugando, y por eso se reía. Pero él, que sentía el peligro de muerte, malinterpretó su carcajada y pensó que no era una risa sana; y sintió como un pinchazo en el corazón, y con ello acabó su amor por ella.

Sin embargo llegó a tierra, con las manos ensangrentadas al rasparse cuando subió al muelle.

—Tú tendrás mi mano —dijo la bella.

—No la quiero —dijo el director de orquesta, dio media vuelta y se fue.

Era un crimen de lesa majestad contra la bella y por eso él tenía que morir.

Cómo cayó el director de orquesta es algo que solo saben las gentes de teatro que entienden de eso. Estaba bien agarrado al puesto y necesitaron dos años para sacárselo de encima.

Pero caer, cayó, claro; y una vez liberada de su bienhechor, triunfó y se volvió aún más engreída, de tal manera que empezaba a notársele. Y el público vio, bajo el maquillaje, que tenía un corazón malvado; por eso ya no podía emocionarse con su canción y nadie se creía sus lágrimas o sus sonrisas.

Ella lo notó y se amargó. Aún mandaba en el teatro, ahogaba a todos los que querían destacar y hacía que los despedazasen en la prensa.

Perdió el favor del público, pero a ella le interesaba más el poder; como era rica, poderosa y estaba satisfecha, disfrutaba de la vida; y la gente que disfruta de la vida no adelgaza, más bien tiene tendencia a engordar; y ella empezó a ponerse algo corpulenta.

Empezó despacito y subrepticiamente, de manera que no lo notó hasta que fue demasiado tarde. ¡Zas! Cuesta abajo se va rápidamente, y este viaje fue a una velocidad vertiginosa. Pero la tortura a la que se sometió no le servía de nada. Ella, que tenía la mejor mesa de la ciudad, tenía que pasar hambre, y cuanta más hambre pasaba más engordaba.

En un año quedó marginada, y le rebajaron el sueldo. En dos años estaba medio olvidada y sustituida por jóvenes. Al tercer año la echaron, y entonces alquiló una buhardilla.

—Es una gordura poco natural —dijo el director de escena al apuntador.

—No es gordura; es engreimiento —dijo el apuntador.

★

Vivía en una buhardilla que daba a una gran plantación. También tenía enfrente un secadero de tabaco, y eso le gustaba, porque allí no había ventanas en las que la gente pudiese estar mirándola. Y vivían gorriones bajo las tejas, pero no se ponía tabaco a secar, porque allí ya no se cultivaba.

Así pues se pasó el verano sentada mirando su secadero, preguntándose para qué se utilizaría, ya que las puertas estaban cerradas con grandes candados y no se veía a nadie entrar o salir. Ella sospechaba que ocultaba algunos secretos, y pronto iba a saber qué clase de secretos.

De la fama pasada quedaban dos briznas a las que ella se agarraba como a dos clavos ardiendo, y que la mantenían viva: eran sus papeles estelares en *Carmen* y *Aida*, que aún estaban sin cubrir, debido a la falta de sucesora; y en el recuerdo del público aún vivía su interpretación, que había sido memorable.

Bueno, llegó agosto; volvieron a encenderse las farolas y pronto se iban a abrir los teatros.

La cantante estaba sentada junto a la ventana, mirando el secadero, que recientemente habían pintado de rojo y habían retejado.

Entonces apareció un hombre andando por el patatal. Llevaba una llave grande y oxidada. Abrió el secadero y entró.

Luego llegaron dos hombres más, que a ella le parecieron conocidos; y también desaparecieron en el edificio.

—Esto empieza a ponerse interesante.

Después de un rato, los tres hombres salieron, llevando objetos que parecían somieres o biombos.

Una vez fuera, dieron la vuelta a los biombos y los apoyaron en la pared del secadero, y entonces se vio una estufa de cerámica, pero pintada, mal pintada. En el siguiente, una puerta de una casa campesina, quizá la cabaña de un cazador. Luego un bosque, una ventana y una biblioteca.

Eran decorados de teatro. Y, tras un instante, ella reconoció el rosal de *Fausto*.

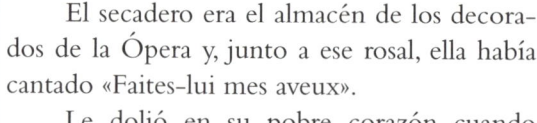

El secadero era el almacén de los decorados de la Ópera y, junto a ese rosal, ella había cantado «Faites-lui mes aveux».

Le dolió en su pobre corazón cuando comprendió que iban a representar *Fausto* en la Ópera, pero le quedaba un consuelo: ella nunca había cantado el papel protagonista, que es el de Margarita.

—*Fausto*, ¡vale! Pero si me tocan *Carmen* o *Aida*, ¡me muero!

Veía desde su ventana cómo iba cambiando el repertorio; ella sabía dos semanas antes que los periódicos qué es lo que iban a representar en la Ópera. Era entretenido. Vio *El holandés errante,* con el barco fantasma y todo; vio *Tannhäuser* y *Lohengrin* y muchas más.

Pero llegó el día, porque lo inevitable tiene que llegar. Los hombres salieron cargados (uno de ellos se llamaba Lindqvist, recordaba, y era tramoyista) y apareció una plaza en España. El decorado estaba inclinado, de forma que ella no podía ver bien lo que era, pero uno de los hombres lo volvió y se vio la parte de atrás, que siempre es muy fea. Y allí ponía con mayúsculas negras que aparecieron lentamente, como para torturarla; allí ponía, implacable, claramente: C,A,R,M,E,N. ¡Era *Carmen*!

—¡Me muero! —dijo la cantante.

Pero no se murió, la pobre, ni siquiera cuando sacaron *Aida*. Sin embargo, su nombre había sido borrado de la memoria de la gente, de los escaparates de las librerías, de las postales; y, finalmente, su retrato desapareció del vestíbulo del teatro de una manera inexplicable.

No podía entender que la gente olvidase tan pronto; era totalmente incomprensible. Lloraba su suerte como se llora a un muerto. ¡Y la tan celebrada cantante estaba bien muerta!

Un día salió sola a pasear por una calle desierta. Allí había un montón de basura. Se detuvo sin pensar en nada concreto, pero vio lo suficiente, porque sobre la basura había una postal y en ella se veía su imagen en el papel de Carmen.

Se alejó rápidamente de allí, llorando para sus adentros. Se metió por una bocacalle donde la hizo detenerse el escaparate de una librería; estaba acostumbrada a pararse en esos escapara-

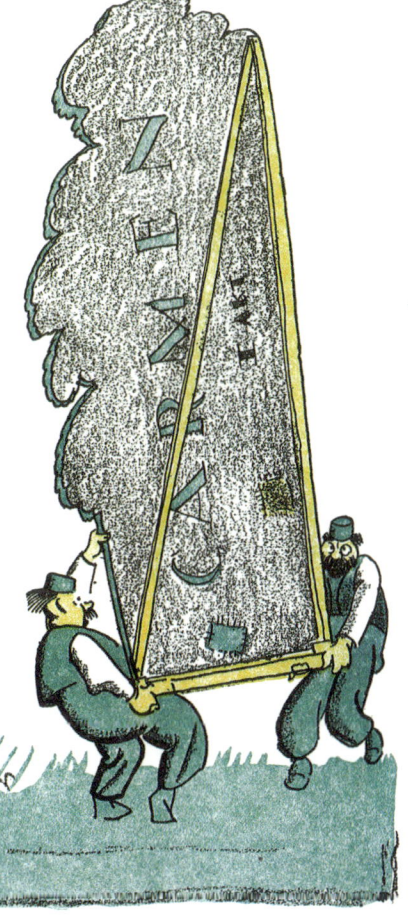

tes a mirar si su imagen estaba expuesta. Pero en ese no estaba. En cambio había un cartel en el que leyó las extrañas palabras: «El rostro del Señor se vuelve contra los que hacen el mal, para borrar su recuerdo de la tierra».

¡Los que hacen el mal! Por eso sus recuerdos estaban borrados. Ahí estaba la explicación del olvido de los hombres.

—Pero ¿acaso no se puede convertir el mal en bien? ¿No he sido suficientemente castigada? —se quejó.

Y se fue a pasear por el bosque, donde no hay gente. Caminando desesperada, destrozada, humilde, vio a otra persona solitaria ante ella. Con la mirada le preguntó si la podía saludar.

Era el director de orquesta. Y sus ojos no manifestaban reproches ni humillante compasión, sino que le expresaban admiración, sorpresa y ternura.

—¡Qué esbelta y hermosa estás, Hanna! —dijo su boca.

Se miró y encontró que era cierto. Las penas habían quemado la grasa superflua, la carne engreída, y estaba más hermosa que antes.

—¡Y estás igual de joven! ¡O más joven aún!

Eran las primeras palabras amables que había oído en mucho tiempo y, al venir de una persona a la que había hecho tanto daño, comprendió el valor de ser buena persona, y así se lo dijo.

—¿Conservas tu voz, Hanna? —preguntó el director de orquesta que no aguantaba oír cumplidos.

—No lo sé —sollozó.

—Ven a verme a la sala de audición… Sí, en la Ópera y ya veremos. Sí, me han vuelto a contratar…

La cantante fue a la ópera, y volvió, y de nuevo se abrió camino.

El público había perdonado y olvidado, olvidado el mal; y ahora la cantante vuelve a ser igual de grande, sí, incluso mucho más grande que antes.

¡Sin duda una historia edificante!

LA LEYENDA DE SAN GOTARDO

Es sábado por la tarde en Göschenen, en el cantón de Uri, uno de los cuatro cantones originarios de Suiza, el cantón de Guillermo Tell y Walter Fürst. En la vertiente norte del San Gotardo, donde se habla la lengua germánica, y viven personas tranquilas y acogedoras, que tienen derecho de autogestión en sus asuntos, donde el «bosque sagrado» protege contra aludes y desprendimientos de rocas, allí está el pueblo verdeante, junto a un arroyo que mueve molinos y acoge truchas.

Este sábado por la tarde, cuando la campana toca para el ángelus, se reúne la gente del pueblo junto al pozo bajo el gran nogal. Allí llegan el jefe de correos, el alcalde y el mismísimo coronel, todos en mangas de camisa y con las guadañas al hombro. Regresan de la siega del día para lavar las guadañas, porque aquí el trabajo es un honor y lo mejor es hacerlo uno mismo. Luego vienen los mozos, también con guadañas, y las mozas detrás con los cántaros de leche; finalmente se reúnen las vacas autóctonas de raza gigante, cada una de ellas grande como un toro. Fértil es la tierra, y bendita; pero no se cría la vid en la ladera norte del San Gotardo, tampoco los olivos, tampoco las moreras, ni el maíz. Hierba verde y cereal dorado, el alto nogal y la acelga son los productos de la zona.

La posada El caballo de oro está junto al pozo, debajo de una pendiente del San Gotardo; y allí, en el jardín, se sientan a una mesa

larga, tras el trabajo del día, los cansados segadores, todos a la misma mesa, sin rangos ni privilegios: el alcalde, el jefe de correos, el coronel y los peones, el fabricante que hace sombreros de paja y sus obreros, el zapatero del pueblo, el maestro y los demás.

Hablan de la cosecha y del ordeño de la leche; y cantan juntos, canciones que suenan en sencillos tercios como las trompas o los cencerros de las vacas. Cantan a la primavera y sus puros placeres, el verde de la fidelidad y el azul de la esperanza.

Y beben cerveza rubia.

Después se levantan los jóvenes para jugar, luchar y saltar, porque mañana es la fiesta y hay concurso de tiro y entonces lo que importa es estar ágil.

Por eso aquella noche la retreta sonó pronto, para que no llegase nadie sin dormir a las fiestas, donde estaba en juego el honor del pueblo.

★

El domingo comenzó con repique de campanas y sol; personas endomingadas llegaban de los pueblos vecinos, y todos parecían descansados y bien despiertos. Casi todos los hombres habían cambiado la guadaña por el fusil; las muchachas jóvenes y las mujeres casadas los observaban y los animaban con la mirada, porque ellos aprendían a tirar para defender la casa; y el ganador del concurso de tiro sabía que abriría el baile con la más guapa.

Llegó una enorme carreta tirada por cuatro caballos enjaezados con cintas y flores; y todo el carro no era más que un enorme cenador envuelto en ramas y hojas con bancos en su interior; no se veía a las personas que iban dentro, pero se oía la canción que salía del interior, una canción hermosa y solemne, sobre Suiza y los suizos, el país más hermoso y las gentes más valientes.

Luego iba el cortejo de los niños: caminaban de dos en dos, de la mano, como si fueran buenos amigos o como pequeños recién casados.

Y cuando las campanas empezaron a sonar, subieron todos hacia la iglesia.

Terminado el servicio religioso, empezó la fiesta; y en el campo de tiro, situado junto al enorme precipicio de San Gotardo, pronto sonaron los disparos.

El hijo del jefe de correos era el campeón de tiro del pueblo, y no cabía la menor duda de que ganaría el premio. Disparó su serie e hizo cuatro dianas de seis disparos.

Pero entonces se oyeron gritos y golpes procedentes de la montaña; caían por la ladera piedras y grava y se veían los abetos del bosque sagrado mecerse como en una tormenta. Pronto se dejó ver sobre una gran roca, con el fusil al hombro y agitando el sombrero, el montaraz cazador de rebecos Andrea, de Airolo, el pueblo italiano del cantón de Tesino, al otro lado de la montaña.

—¡No entres en el bosque! —gritaron todos los tiradores.

¡Andrea no entendía!

—¡No entres en el bosque sagrado! ¡Nos va a caer encima la montaña! —gritó el alcalde.

—Pues ¡que caiga! —contestó Andrea—, descendiendo la ladera a toda velocidad. ¡Y aquí estoy yo!

—¡Llegas tarde! —contestó el alcalde.

—Nunca demasiado tarde llegué, replicó Andrea; y se dirigió al campo de tiro; seis veces se llevó el fusil al hombro, seis dianas.

Debería haber sido el vencedor, pero la cofradía tenía sus leyes y no le gustaban las gentes morenas, los sureños del otro lado de la montaña, donde crecían las viñas e hilaban la seda. Era una vieja hostilidad, y los disparos de Andrea no podían tomarse en consideración.

Pero Andrea se acercó a la chica más hermosa, que era la hija del alcalde, y le pidió cortésmente si quería abrir el baile de la tarde con él.

La hermosa Gertrud se ruborizó, porque a ella Andrea le caía muy bien, pero se vio obligada a rechazar la invitación.

Entonces Andrea se entristeció e, inclinándose hacia delante, le susurró al oído algo que la puso totalmente roja.

—Has de ser mía, aunque tenga que esperar diez años. He caminado ocho horas por la montaña para encontrarte, por eso llegué tarde; pero la próxima vez llegaré a la hora, aunque tenga que venir a través de la montaña.

La fiesta había acabado y también el baile. Todos los tiradores estaban sentados delante de El caballo de oro, y entre ellos Andrea; pero en

el lugar de honor estaba Rudi, el hijo del jefe de correos, ya que era el campeón de tiro, según las reglas, aunque Andrea lo era en realidad.

Rudi quería pendencia.

—Bueno Andrea —dijo—, tú eres un gran cazador, y sabes bien que dispararle a un rebeco no es nada comparable a cobrar la pieza.

—Si le he disparado, lo he cobrado.

—¡Qué va! Todos han disparado al anillo de Barbarroja, pero nadie lo ha conseguido —objetó Rudi.

—¿Qué es ese anillo de Barbarroja? —preguntó un forastero que no había estado nunca en Göschenen.

—Míralo —contestó Rudi—. ¡Ahí lo tienes!

Y apuntó con la mano a la montaña donde colgaba de un gancho un gran anillo de cobre. Y continuó:

—El emperador Federico Barbarroja solía utilizar este paso para ir a Italia; pasó seis veces y se hizo coronar en Milán y en Roma. Y, como también fue emperador del Imperio romano germánico, hizo colocar este anillo en la parte alemana de la montaña como un signo de la unión de Alemania e Italia.

Y, según la leyenda, cuando el anillo se separe del gancho, quedará disuelta la unión, que, por cierto, no ha sido muy feliz.

—Entonces yo la desharé —dijo Andrea—, igual que mis padres liberaron mi pobre patria, Ticino, de los tiranos de Scwyz, Uri y Unterwalden.

—¿No eres suizo? —le preguntó severo el alcalde.

—No, soy un italiano de la Confederación Helvética.

Tras ello cargó el fusil, poniendo una bala de hierro. ¡Apuntó y tiró!

La bala levantó el anillo desde abajo y, separado del gancho, cayó al suelo el anillo de Hohenstaufen, de Barbarroja.

—¡Viva la Italia libre! —gritó Andrea agitando su sombrero.

Pero nadie le contestó.

Andrea recogió el anillo, se lo dio al alcalde y le dijo:

—Guarda este anillo como un recuerdo mío y de este día, en que me habéis tratado injustamente.

Después fue hasta Gertrud y le besó la mano. Y comenzó a subir la montaña y desapareció; se le volvió a ver y desapareció en una

nube. Pero tras un momento lo vieron de nuevo, más alto. No era él, sino su inmensa sombra sobre la nube, y allí estaba con el puño en alto, amenazando, por encima del pueblo alemán.

—¡Era el mismísimo Satanás! —dijo el coronel.

—¡No, era un italiano! —objetó el jefe de correos.

—Como ya es tarde —dijo el alcalde—, voy a contarles un secreto de Gobierno, que saldrá mañana en los periódicos.

—¡Habla, habla! Te escuchamos!

—Se ha telegrafiado que a raíz de la captura del emperador francés en Sedán, los italianos han expulsado a las tropas francesas de Roma; y Víctor Manuel marcha en estos momentos hacia la capital.

—¡Una gran noticia! ¡Se han acabado pues los paseos romanos de los alemanes! Probablemente lo sabía Andrea, que por eso se mostró tan arrogante.

—¡Quizá supiese aún más! —dijo el alcalde.

—¿Qué? Cuenta, cuenta.

—Ya veremos, ya veremos.

Y vieron.

★

Un día vieron venir a unos señores extranjeros, que se pusieron a mirar la montaña con sus instrumentos; parecía como si estuvieran buscando el anillo de Barbarroja, porque hacia allí dirigían los gemelos. Y miraban la brújula como si no supiesen dónde estaban el norte y el sur.

Y hubo un gran banquete en El caballo de oro, al que asistió el alcalde. Durante el postre se habló de millones y millones.

Poco después vieron la demolición de El caballo de oro; cómo se llevaban la iglesia trozo a trozo y cómo la montaron algo más lejos de allí; vieron derruir la mitad del pueblo; cómo se construían barracones; cómo cambiaba el arroyo de cauce, detenían la rueda del molino, se cerraba la fábrica, se vendieron los animales.

Y llegaron tres mil trabajadores morenos que hablaban italiano.

Entonces callaron las hermosas canciones sobre la vieja Suiza y las puras alegrías de la primavera.

En cambio, se oía día y noche un constante martilleo; y allí donde había estado el anillo de Barbarroja se clavaba un barreno, y luego vi-

nieron las explosiones, porque allí se iba a perforar un túnel a través de la montaña.

Se sabía bien que ahora no era difícil hacer un agujero en una montaña; pero en este caso iban a perforar por ambos lados y los dos tenían que coincidir, en línea recta como un clavo, y eso no se lo creía nadie, porque había quince kilómetros que perforar. ¡Quince kilómetros!

—Imaginémonos que no se encuentran, ¿y si no se encuentran? Habrá que volver a empezar.

Pero el ingeniero jefe había dicho: Se encontrarán.

Y Andrea, en la parte italiana creyó en el ingeniero jefe; porque como sabemos él era una persona que solía dar en el blanco. Por eso se incorporó al equipo de trabajo y se convirtió en su capataz.

Era un trabajo que le iba a Andrea como anillo al dedo. No iba a ver más la luz del sol, las alfombras verdes ni las blancas montañas; pero le parecía que se estaba abriendo camino a Gertrud, el camino a través de la montaña por el que, en un instante de fanfarronería, había prometido ir.

Ocho años estuvo en las tinieblas, trabajando como un burro. Casi siempre desnudo, porque allí estaban a treinta grados. A veces se topaba con una veta de agua y entonces vivía en el agua; a veces daban con una zona de barro y entonces vivía en la suciedad. El aire casi siempre estaba enrarecido y sus compañeros caían, pero venían otros a reemplazarlos. Finalmente también cayó Andrea y lo llevaron al hospital. Allí se imaginaba que los dos túneles no se encontrarían nunca, y eso era lo que más lo atormentaba. ¡No encontrarse nunca!

En la sala del hospital había también habitantes de Uri delirando; en los ratos en que no tenían fiebre la pregunta constante era:

¿Creéis que nos vamos a encontrar?

Nunca habían tenido tantas ganas de encontrarse los habitantes de Tesino y los de Uri como aquí, en el interior de la montaña. Sabían que si se encontraban allí dentro cesaría la milenaria hostilidad y ellos, reconciliados, caerían unos en brazos de los otros.

Andrea sanó y volvió al trabajo. Participó en la huelga de 1875; tiró alguna piedra, acabó en la cárcel, pero salió pronto.

En 1877 ardió Airolo, su pueblo natal.

Ahora sí que he quemado las naves; ahora sí que tengo que ir hacia delante, dijo.

El 19 de julio de 1879 fue un día de duelo. El ingeniero jefe de todos los trabajos del túnel había entrado en la montaña para medir y calcular; y, estando allí, ¡sufrió un ataque al corazón y murió! ¡Sobre las mismas vías! Allí debería haber sido enterrado, como un faraón, en la mayor pirámide de piedra que existe; y su nombre, Favre, tendría que estar grabado allí.

Sin embargo, los años pasaron. Andrea juntaba dinero, experiencia y fuerza. Nunca fue a Göschenen; pero una vez al año iba al bosque sagrado para ver la devastación, como él decía.

No volvió a ver a Gertrud, no le escribió nunca; no le hacía falta, porque vivía con ella en sus pensamientos y tenía la sensación de que había ganado su corazón.

Al séptimo año murió el alcalde, sumido en la pobreza.

—¡Qué suerte que fuese pobre! —pensó Andrea, y eso no lo piensan muchos yernos.

El octavo año pasó algo extraño. Andrea estaba en el túnel, en cabeza del equipo italiano, golpeando su barreno. El aire era escaso y agobiante, tanto que los oídos le zumbaban. Entonces oyó un tictac, unos golpecitos que parecían

los del anobio, el insecto de la madera llamado el reloj de la muerte.

—¿Es esta mi última hora? —dijo en voz alta.

—¡Tu última hora! —contestó algo en su interior, o fuera de él. ¡Y quedó desazonado!

Al día siguiente volvió a oír el tictaqueo, pero más claro, tanto que le pareció que era el del reloj que llevaba.

Pero un día después, que era domingo, ya no oyó nada; y creyó que era solo su oído; entonces se asustó y fue a misa, y allí, sumido en sus pensamientos, reflexionó lamentándose de las vicisitudes de la vida. La esperanza lo había abandonado, la esperanza de vivir el gran día, la esperanza de conseguir el premio destinado al primer barreno que pase la pared, la esperanza de conseguir a Gertrud.

El lunes volvió a estar en primera línea con su barreno, pero desanimado; porque ya no creía que se fuera a encontrar con los alemanes en el interior de la montaña.

Martilló en el barreno, siguió golpeando, pero sin vigor, como había latido su corazón después de la enfermedad. Entonces oyó de repente

como un disparo seguido de un inmenso ruido, pero en el interior de la montaña, al otro lado.

Primero cayó de rodillas y dio gracias a Dios; luego se levantó y se puso a martillear. Se saltó el desayuno, la comida, los descansos y la cena. Golpeaba con la mano izquierda, porque la derecha se le había dormido. Pensaba en el ingeniero jefe, que había caído ante el muro; y entonó la canción de los tres hombres en el horno ardiente, porque el aire parecía quemar a su alrededor, mientras el agua le caía en la cabeza y los pies se le hundían en el barro.

El 28 de febrero de 1880, a las siete en punto, se desplomó sobre el barreno que traspasó el muro de roca.

Un atronador hurra procedente del otro lado lo despertó, y comprendió que se habían encontrado, que había llegado el momento final de todas sus fatigas y que era dueño de diez mil liras.

Entonces, tras un breve suspiro elevado al Señor Misericordioso, pegó la boca al agujero del barreno y susurró, para que nadie lo oyese, Gertrud: y después lanzó nueve hurras a los alemanes.

A las once de la noche se oyó un atronador ¡Cuidado! del lado italiano y, con un estrépito como un disparo de cañón, se desplomó el muro. Alemanes e italianos se fundieron llorando en un abrazo, los italianos se besaban, y todos cayeron de rodillas para cantar un Te Deum.

Fue un momento memorable; y fue en 1880, el mismo año en que Stanley puso fin a sus expediciones africanas y Nordenskiöld a su expedición del Vega.

Cuando se acalló el coro de loas al Eterno, se adelantó un obrero del lado alemán y entregó a los italianos un pergamino caligrafiado. Era un escrito en honor y en recuerdo del ingeniero jefe Louis Favre. Él iba a ser el que primero cruzase el túnel, y Andrea sería el que llevaría su recuerdo y su nombre en el pequeño tren de trabajo a Airolo.

Y es lo que hizo fielmente Andrea, sentado en una vagoneta delante de la locomotora.

¡Fue un gran día! Y la noche no iba a ser menor.

Se bebió vino en Airolo, vino italiano; y hubo fuegos artificiales. Se pronunciaron discursos en honor de Louis Favre, Stanley y Nordenskiöld. Se pronunció un discurso en honor al San Gotardo, el misterioso macizo montañoso, que durante miles de años había sido un muro entre Italia y Alemania, entre Norte y Sur. Sí, en rea-

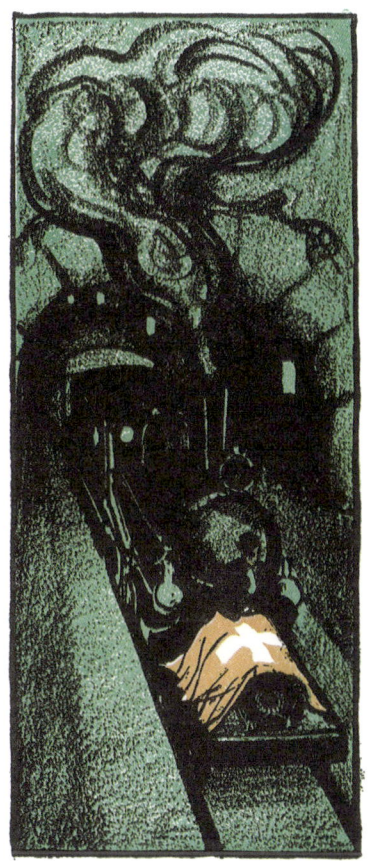

lidad un separador, pero también un agrupador. Porque el San Gotardo había estado allí repartiendo equitativamente el agua entre el Rin alemán y el Ródano francés, agua tanto para el mar del Norte como para el Mediterráneo.

—Y al Adriático —interrumpió uno de Tesino—. Por favor, no olviden al Tesino que proporciona un gran caudal al río más grande de Italia, el inmenso Po.

—¡Bravo! ¡Aún mejor! ¡Vivan San Gotardo, la gran Alemania, la Italia libre y la nueva Francia!

Fue una gran noche tras un gran día.

★

Al día siguiente por la mañana, se presentó Andrea en la oficina del ingeniero. Iba vestido con su atuendo de cazador italiano, pluma en el sombrero, fusil al hombro y zurrón a la espalda; el rostro blanco y las manos blancas.

—Ah, tú ya tienes bastante de túnel —dijo el cajero, o el hombre del dinero como lo llamaban—. Y nadie te lo va a reprochar, ya solo quedan los trabajos de albañilería. Bueno, arreglemos las cuentas.

El hombre del dinero abrió un libro de contabilidad, escribió un papel y contó diez mil liras en oro.

Andrea estampó su firma, metió el oro en su zurrón y se marchó.

Se subió a una vagoneta y en diez minutos estaba ya en la derrumbada pared separadora.

En el interior de la montaña, a ambos lados de las vías, habían encendido fuegos, los obreros aclamaban con hurras a Andrea, agitando sus gorras. ¡Era fantástico!

En diez minutos llegaron al lado alemán. Pero cuando vio la luz del día en la abertura al final del túnel, paró el tren, y se bajó.

Así fue caminando hacia la luz verde y volvió a ver el pueblo, soleado y verdeante: y el pueblo estaba allí recién construido, blanco, resplandeciente, más hermoso que antes. Y cuando pasaba, los obreros lo saludaban como al primero de ellos.

Dirigió sus pasos hacia una casita y allí, bajo un nogal, junto a las colmenas estaba Gertrud, serena, más hermosa, aún más dulce, tal como si hubiera estado esperándolo allí esos ocho años.

—Ya estoy aquí —dijo—; como te dije que iba a venir, ¡a través de la montaña! ¿Vienes conmigo a mi país?

—¡Iré contigo adonde tú quieras!

—El anillo ya te lo di, ¿lo tienes aún?

—¡Lo tengo!

—Entonces, ¡vámonos ya! ¡No, no te vuelvas! ¡No cojas nada!

Y se pusieron en marcha, los dos cogidos de la mano. Pero no fueron hacia el túnel.

—¡Por la montaña! —dijo Andrea, encaminándose al antiguo paso—. Por la oscuridad pasó mi camino hacia ti; ¡ahora quiero vivir en la luz, contigo, para ti!

YÚBAL SIN YO

Hubo una vez un rey llamado Juan sin Tierra, por la razón que podemos imaginar. Pero en otros tiempos hubo un gran cantante llamado Yúbal sin Yo, y la razón vamos a oírla ahora.

Se llamaba Klang, nombre que había recibido de su padre, un soldado, y había música en el nombre. Pero la naturaleza le había dado también una fuerte voluntad, que tenía instalada como una barra de hierro en la espalda; y es un gran don del que se puede echar mano en las luchas de la vida. Ya de niño, cuando empezaba a hablar, no decía, como los otros niños «él» cuando hablaba de sí mismo, sino que empezó a llamarse inmediatamente «yo». «¡Tú no tienes yo!» le dijeron los mayores. Cuando fue un poco mayor, expresaba un deseo con un «yo quiero». Pero oyó que le decían: «¡Tú no tienes voluntad!» y «Tu voluntad no significa nada».

Era bastante insensato lo que decía el padre, pero no tenía más luces, porque él era soldado y había aprendido a no tener más voluntad que la de los oficiales.

El joven Klang encontraba raro que le dijesen que «no tenía voluntad», aunque él tenía una voluntad muy fuerte, pero no opuso resistencia.

Cuando fue algo mayor, su padre le preguntó un día: «¿Qué quieres ser?».

El chico no lo sabía y además había dejado de querer nada, ya que lo tenía prohibido. Claro que se sentía atraído por la música, pero no se atrevía a decirlo, porque él pensaba que entonces se lo iban a impedir. Así que contestó como un hijo obediente: «No quiero nada».

—¡Entonces serás embotellador de vino! —dijo el padre.

Si eso fue porque el padre conocía a un vinatero o porque el vino tenía una cierta fuerza de atracción sobre él, es imposible de dilucidar. Fuese por lo que fuese, el joven Klang fue colocado en una bodega y no lo pasó mal.

Allí, en la bodega, olía muy bien al lacre rojo de sellar las botellas y al vino francés, y había enormes salas con bóvedas como las de las iglesias. Cuando estaba sentado al lado de la cuba viendo salir el vino, se le alegraban los sentidos, y poco a poco fue poniéndose a tararear diversas canciones que había oído.

Al patrón, que vivía en vino, le gustaba la canción y la alegría, y dejó que el joven cantase a su gusto, sin trabas; sonaba muy bien bajo las bóvedas. Y cuando entonaba «Profunda bóveda de bodega», bajaban los clientes a escuchar, y eso le gustaba al patrón.

Un buen día llegó un viajante de comercio que había sido cantante en el teatro; y cuan-

do oyó a Klang, quedó tan encantado que lo invitó a una fiesta por la noche.

Y jugaron a los bolos, comieron cangrejos al eneldo, tomaron *punsch* y, sobre todo, cantaron.

Cuando hubieron bebido copiosamente y ya como amigos tras el brindis del tuteo le preguntó:

—¿Por qué no cantas en el teatro?

—¿Yo? —contestó Klang.

—Te basta con decir quiero, y así podrás.

Era una nueva lección, ya que desde que tenía tres años el joven Klang no había pronunciado las palabras «yo» ni «quiero». En aquella época, no se atrevía a querer ni desear y rogó que no viniese a tentarlo.

Pero el viajante de comercio volvió, no solo una, sino varias veces, y acompañado de grandes cantantes. La tentación fue demasiado fuerte, y Klang se decidió una noche, cuando fue aplaudido por un verdadero maestro.

Entonces se despidió de su patrón, y frente a unos vasos de vino le dio las gracias a su amigo el viajante de comercio, que le había devuelto la confianza en sí mismo y la voluntad; la voluntad, esa barra de hierro en la espalda

que mantiene al hombre derecho, para que no caiga a cuatro patas. Y nunca olvidaría a su amigo, que le había enseñado a creer en sí mismo.

Después fue a despedirse de sus padres.

—¡Quiero ser cantante! —dijo, con tal potencia que retumbó en la cabaña.

El padre buscó la vara con la mirada y la madre lloró; pero no sirvió de nada.

«¡No te pierdas, hijo mío!», fueron las últimas palabras de la madre.

*

El joven Klang consiguió dinero para viajar al extranjero. Allí aprendió a cantar según las reglas y, en pocos años, se convirtió en un gran cantante, una estrella. Ganaba dinero, y consiguió un representante que organizaba sus actuaciones.

Entonces el amigo Klang floreció y ya podía decir «yo quiero» y «yo mando». Su yo creció de manera extraordinaria, y no aguantaba otros yos a su lado. No se privaba de nada y se permitía todo. Pero ahora, en el momento de regresar a su patria, su agente le explicó que era imposible seguir llamándose Klang cuando uno es un gran cantante; tendría que ponerse

un nombre elegante, de preferencia extranjero, porque era lo que se acostumbraba.

En el interior de «El Grande» se desarrolló un duro combate; porque cambiar de nombre no era una cosa muy agradable; era como renegar de padre y madre, y podía interpretarse mal.

Pero como era lo que se solía hacer, pues ¡adelante!

Buscó en la Biblia para encontrar el nombre adecuado, porque allí estaban todos.

Y cuando encontró Yúbal, «el hijo de Lamek que inventó toda clase de músicas», lo adoptó. Era un buen nombre, y además en hebreo significaba trompeta. Como el representante era inglés, quiso que Yúbal se hiciese llamar Míster y así lo hizo. Míster Yúbal, pues.

Todo aquello era bastante inocente, ya que era lo acostumbrado, pero, en todo caso, con el nuevo nombre, Klang se convirtió en otra persona. El viejo pasado estaba como borrado, y Míster Yúbal se sentía como un inglés de pura cepa, hablaba con acento, se dejó crecer patillas y empezó a llevar cuellos altos; bueno, los trajes a cuadros le fueron saliendo, como la corteza en los árboles, por sí mismos; se volvió altivo, y no saludaba más que con una mirada de soslayo; nunca se volvía cuando algún conocido lo llamaba por la calle, e iba siempre *de pie* en mitad del tranvía.

¡Apenas se reconocía!

Sin embargo, estaba de nuevo en casa, y era uno de los grandes cantantes de la Ópera. Interpretaba a reyes y profetas, héroes de la liberación y demonios, y cuando tenía un papel que ensayar, era tan buen actor que creía ser aquel al que representaba.

Un día iba paseando por la calle, y en alguna parte llevaba un demonio, pero también era Míster Yúbal.

Entonces oyó que alguien, detrás de él, lo llamaba: «Klang». Obviamente no se volvió, porque un inglés no se vuelve jamás, y además ahora ya no se llamaba Klang.

Pero gritaron «Klang» de nuevo. Y delante de él apareció su amigo, el viejo viajante de comercio, con mirada interrogante y preguntando amable y tímidamente:

—¿No eres Klang?

Míster Yúbal se vio poseído por el demonio; mostrando todos los dientes y con la boca bien abierta, como si el sonido saliese de las más profundas cavidades del cráneo, gritó un corto: «No».

Entonces el amigo lo reconoció y siguió su camino. Era un hombre ilustrado, conocía la vida y a los hombres, y se conocía a sí mismo de memoria, y, por tanto, ni se entristeció ni se sorprendió.

Pero Míster Yúbal creyó que sí lo estaba; y cuando oyó estas palabras dentro de él: «Antes de que el gallo cante tres veces me habrás negado», obró como Pedro, se metió en un portal y se echó a llorar amargamente. Es lo que hizo él en su cabeza, pero el demonio se reía en su corazón.

Después de aquel día, se reía sin cesar burlándose del bien y del mal, de la tristeza y de la vergüenza, de todo y de todo el mundo.

Sus padres sabían por la prensa quién era Míster Yúbal, pero no iban nunca a la Ópera, porque creían que era algo con malabaristas y caballos, y no querían ver a su hijo en un lugar así.

Míster Yúbal era entonces el más grande de los grandes cantantes y había dejado abandonada, evidentemente, parte de su yo, pero la voluntad la conservaba.

¡Y llegó su día! Fue una jovencita del cuerpo de baile que sabía cómo embrujar a los hombres, y Yúbal fue embrujado. Tan embrujado que le preguntó si él podría ser suyo… (Naturalmente él quería decir si ella podría ser suya, pero eso no se puede decir.)

—Tú podrás ser mío —dijo la embrujadora— si me das…

—¡Te doy todo! —contestó Yúbal.

La chica le tomó la palabra y se casaron. Primero él le enseñó a cantar y a actuar, y después le dio todo lo que ella quería. Pero como ella era una embrujadora, quería todo lo que él no quería, y poco a poco tuvo la voluntad de él en su bolsillo.

Un buen día, Mistress Yúbal se convirtió en una gran cantante; tan grande que cuando el público reclamaba a Yúbal aplaudiendo se refería a la esposa, y no a él.

Yúbal trató de remontar, pero no quería hacerlo a costa de su esposa, y por tanto no pudo.

Empezó a ser aniquilado y olvidado.

El brillante círculo de amigos que Míster Yúbal había reunido en su piso de soltero, se reunía ahora en su hogar en torno a la señora Yúbal, que ya se llamaba simplemente Yúbal.

Nadie tenía una mirada para el míster, nadie bebía con él y, si intentaba hablar, nadie lo

escuchaba; era como si no existiese, y su esposa era tratada como si no estuviese casada.

Entonces Míster Yúbal se quedó muy solo y solo iba al café. Una tarde entró en uno en busca de compañía. Estaba dispuesto a contentarse con cualquiera, siempre que fuese un ser humano.

Y vio a su viejo amigo, el viajante de comercio, sentado solo a una mesa, aburriéndose; y pensó: «Ahí tengo a un ser humano, el viejo Lundberg»; y fue hasta la mesa y saludó: pero entonces el rostro de su amigo se transformó tan espantosamente que Yúbal tuvo que preguntar: «¿No es usted Lundberg?».

—¡Sí!
—¿No me conoces? ¿Yúbal?
—¡No!
—¿No conoces a Klang, tu viejo amigo?
—¡No! Hace tiempo que murió.

Entonces comprendió Yúbal que, en cierto modo, estaba muerto, y se marchó.

Al día siguiente se despidió de la Ópera y se estableció con el título de profesor de canto.

Viajó después a países extranjeros, y allí permaneció muchos años.

La pena y la amargura le hicieron envejecer prematuramente.

Pero eso le gustó, porque significaba que no le quedaba mucho por vivir. Sin embargo, como no envejecía con la rapidez que quería, se agenció una peluca blanca con largos bucles. Y con ella se encontraba a gusto, porque lo convertía en alguien irreconocible, incluso para sí mismo.

Lentamente y con las manos a la espalda, paseaba por las aceras reflexionando; se podía pensar que buscaba algo o esperaba a alguien. Si alguien lo miraba a los ojos, no veía en ellos mirada alguna; si alguien trataba de entablar amistad, hablaba solo de cosas banales. No decía nunca «yo», nunca «yo creo», sino «parece». Había perdido su «yo», y eso no lo notó hasta un día, al irse a afeitar. Se había enjabonado e iba a llevarse la navaja a la cara, delante del espejo. Miraba y veía la habitación que estaba tras él, pero no veía su cara. Entonces comprendió lo que pasaba. Y se vio invadido por un violento anhelo de reencontrar su yo. La mejor parte se la había dado a su esposa, a la que también había entregado su voluntad, y decidió ir a buscarla.

Cuando regresó a su país y paseaba por las calles de la ciudad con su blanca peluca no lo reconocía nadie. Pero un músico, que había estado en Italia, dijo en voz alta, en la calle: «¡Ahí va un maestro!».

E inmediatamente Yúbal se sintió un gran compositor. Compró papel pautado y se puso a escribir una partitura, es decir, escribió un montón de notas largas y cortas sobre las líneas; unas para los violines, claro, otras para los instrumentos de viento, unas para la madera y el resto para el metal. Luego la envió al conservatorio. Pero nadie la pudo interpretar, aquello no era nada, ¡solo notas!

Un día, yendo por la calle, se cruzó con un pintor que había estado en París. «Ahí va un modelo», dijo el pintor. Lo oyó Yúbal y enseguida se imaginó que era un modelo, porque creía todo lo que se decía de él, ya que él ya no sabía quién o qué era.

Cuando recordó a su esposa, aquella que se había llevado su yo, decidió ir a visitarla. Y lo hizo, pero se había casado con un barón y se había ido muy lejos.

Entonces, cansado de buscar y como todos los hombres cansados, se sintió atraído por el origen de sus días, por su madre. Sabía que vivía ya viuda en una cabaña en lo alto de una montaña, y allí fue.

—¿No me reconoces? —preguntó él.

—¿Cómo te llamas? —preguntó la madre.

—El nombre de tu hijo, ¿no lo conoces?

—Mi hijo se llamaba Klang, pero tú te llamas Yúbal, y a él no lo conozco.

—¡Me niega! Reniega de mí.

—Como tú has renegado de ti mismo y de tu madre.

—¿Por qué me quitasteis la voluntad cuando era pequeño?

—Tu voluntad se la diste a una mujer.

—Me vi obligado, de otra forma no la hubiese conseguido. Pero ¿por qué me decíais que yo no tenía voluntad?

—Bueno, fue tu padre, hijo querido, y no tenía más luces. Perdónalo ahora, porque está muerto. Además, los niños no deben tener voluntad, pero los hombres adultos sí deben tenerla.

—¡Qué bien has podido aclarar todo esto, madre! Los niños no deben tener voluntad, pero los adultos sí.

—Escucha Gustaf —dijo la madre—, Gustaf Klang...

Eran sus dos nombres, y al oírlos volvió a ser él mismo. Todos los papeles, reyes y demonios, el maestro y el modelo se esfumaron, y ya solo era el hijo de su madre.

Entonces puso la cabeza en su regazo, y dijo:

—Ahora quiero morir. ¡Yo quiero morir!

LOS CASCOS DE ORO DE ÅLLEBERG

Anders había nacido en la región de Falköping y, en su juventud, había recorrido todo el país con la vara de medir y el paquete de telas al hombro. Pero un día pensó que era mejor caminar con un fusil y desgastar el uniforme del ejército, y se alistó en el regimiento de Västgöta-Dal. Esto hizo que un día lo mandasen a Estocolmo para un servicio de vigilancia.

Al amigo Kask, así lo llamaban en el ejército, un día le dieron permiso y, por supuesto, pensó en ir a Skansen. Pero, cuando llegó a la puerta, vio que no tenía los cincuenta céntimos de la entrada y tuvo que quedarse fuera. Se quedó mirando la valla y pensó: «Voy a dar la vuelta, siempre habrá una escalera; en caso de necesidad, treparé».

Caía el crepúsculo cuando él caminaba siguiendo la ribera del mar, a lo largo de la colina; pero la valla seguía allí, sobre la roca, y del interior del parque salían música y canciones. Kask anduvo y anduvo, dando vueltas y vueltas, pero no vio escalera alguna, y la valla desapareció en un bosque de avellanos. Cansado, se sentó en la cuesta y se puso a cascar avellanas.

Entonces llegó una ardilla, con la cola levantada:

—¡Deja mis avellanas! —dijo.

—Lo haré si me llevas a la escalerita —dijo Kask.

—Te llevaré una parte del camino —contestó la ardilla.

Iba saltando delante y el soldado la seguía. De pronto, la ardilla desapareció.

Entonces llegó un erizo, haciendo crujir la hojarasca.

—Sígueme —dijo—, y verás tu escalera.

—¡Vete de aquí, maldito erizo! ¡No, gracias!

Pero a pesar de todo el erizo lo siguió.

Luego vino la víbora: era una dulce criatura; ceceaba y andaba retorciéndose.

—Zígueme —dijo—, y te enzeñaré la ezcalera…

—Te sigo —dijo Kask.

—Pero tienez que tener cuidado; no me pizez. ¡Me guzta lo delicado!

—Un soldado no es especialmente delicado —dijo Kask—, pero al menos no me he puesto las botas.

—Písala —dijo el erizo—, si no te va a picar… con delicadeza.

En ese instante, la víbora levantó la cabeza, preparada para atacar.

—¡Cuidado! —dijo el erizo lanzándose sobre la víbora—. Yo no soy delicado, pero te enseño mis púas; sí, yo.

Acabó con la víbora y se marchó.

El soldado se quedó solo en el bosque y se arrepintió de haber desdeñado al espinoso erizo.

Había anochecido, pero se vislumbraba la media luna a través del follaje de los abedules, y había un silencio total.

Entonces el soldado creyó ver una gran mano amarilla que se movía atrás y adelante. Fue hasta allí y vio que era una de esas hojas de arce que suelen gesticular con los dedos sin que se sepa qué es lo que quieren decir.

Mientras estaba mirándola, oyó palpitar a un álamo temblón:

—Uf, brr, qué frío tengo —dijo el Álamo—, porque tengo los pies mojados; y tengo mucho miedo.

—¿De qué tienes miedo? —preguntó el soldado.

—Es que hay una pequeña criatura en el interior de la montaña.

Entonces el soldado comprendió lo que había querido decirle el Arce y, efectivamente, vio una pequeña criatura en el interior de la montaña cocinando gachas.

—¿Quién eres? —dijo el duendecillo.

—Yo estoy en el regimiento de Västgöta-Dal, ¿y tú dónde estás?

—Yo estoy en Ålleberg —dijo el duendecillo.

—Pero Ålleberg está en Västergötland —contestó el soldado.

—Nos hemos trasladado aquí —dijo el duendecillo.

—Mientes —contestó el soldado; agarró el cazo por el mango y tiró las gachas al fuego.

—Ahora vamos a echar una ojeada a la ratonera —dijo, entrando en la montaña.

Allí había un gigante, junto a una gran hoguera, calentando una barra de hierro.

—¡Buenos días, buenos días! —dijo el soldado, tendiéndole la mano.

—Buenos días de nuevo —dijo el gigante, tendiéndole la barra de hierro rusiente.

Kask la cogió y apretó el hierro con tal fuerza que chisporroteó.

—¡Tienes la mano caliente! ¿Cómo te llamas?

—Me llamo Gigante Sueco —dijo el trol.

—Ha sido un apretón de manos de los de antes, bien sueco, y ahora entiendo que estoy en Ålleberg. ¿Quizá los Cascos de Oro siguen durmiendo?

—¡Chist! ¡Calla! —dijo el gigante amenazándolo con el atizador—. Los verás, porque eres del regimiento de Västgöta-Dal; pero primero tienes que solucionar mi enigma —dijo el gigante.

—Si quieres discutir con un paisano, venga, ¡vamos a ello! Pero antes deja el atizador.

—Bien, Kask, me vas a contar la historia de Suecia, toda la historia completa, mientras me fumo una pipa; después verás a los Cascos de Oro.

—Creo que podré salir de esta, aunque no fui una lumbrera en la escuela de cabos. Pero déjame que refresque un poco la memoria.

—Y hay una condición: no debes mencionar el nombre de ningún rey, porque entonces se enfadarán los de ahí dentro; *y cuando se enfadan*, ya sabes…

—Eso ya es más difícil; pero, anda y enciende ya la pipa, que empiezo. ¡Aquí tienes fuego!

El soldado se rascó la cabeza un momento y empezó:

—¡Uno, dos, tres! El año 1161, más o menos, se fundó Suecia: una nación, un rey y un arzobispo, ¿es suficiente?

No —dijo Sueco—, ¡es demasiado poco! ¡Algo más!

—¡Vamos a ver! En el año 1359 el pueblo sueco estaba completado, porque entonces se reunió el Parlamento de los cuatro estados —nobleza, Iglesia, campesinos y burgueses— y eso duró, con alguna que otra interrupción, ¡hasta 1866!

—Tú que eres soldado —dijo Sueco—, ¿no vas a hablar de guerras?

—Solo hay dos guerras que tienen algún significado, y terminaron con dos paces, la de Brömsebro, en 1645, en la que obtuvimos las provincias de Härjedalen, Jämtland y Gotland, y la de Roskilde, en 1658, en la que obtuvimos Escania, Halland, Blekinge y Bohuslän. Y con esto queda completada la historia de Suecia; lo demás solo fueron reyertas.

—¿Y las constituciones?

—Bueno, tuvimos monarquía absoluta desde 1680 hasta 1718; después siguió una época de libertad, hasta que en 1789 volvió el absolutismo. Y luego Adlersparre hizo una revolución en 1809 y obligó a Hans Järta a redactar la constitución que todavía vive hoy. Ya no necesitas saber más. ¿Has terminado la pipa?

—Bah —dijo el gigante—. ¡Da igual! ¡Y ahora vas a ver a los Cascos de Oro!

El viejo se levantó trabajosamente y entró en la montaña seguido del soldado.

—Anda sin hacer ruido —dijo el gigante mostrándole un caballero con casco de oro sentado, durmiendo a la puerta de la roca. Pero en ese momento Kask tropezó y golpeó con la

herradura del tacón una piedra, de manera que saltaron chispas.

Entonces se despertó inmediatamente el Casco de Oro y rápido, como si se hubiese quedado dormido durante la guardia, gritó:

—¿Es ya la hora?

—¡Todavía no! —contestó el gigante.

El caballero Casco de Oro se sentó y se volvió a dormir enseguida.

El gigante abrió el muro de la montaña y el soldado vio ante sí un gran salón. Una mesa interminable se extendía por el centro y, en la penumbra, se vislumbraba la brillante asamblea de Cascos de oro sentados en sillones con coronas de Oro rematando los respaldos. En una de las cabeceras había sentado un hombre que les sacaba a los demás la cabeza; y la barba le llegaba hasta la cintura, como la de Moisés o Isaías; y tenía el mazo en la mano.

Todos parecían estar durmiendo, pero no el sueño nocturno reparador de fuerzas, tampoco el sueño que se llama eterno.

—Atento ahora —dijo el gigante—, vas a poder asistir a la asamblea anual.

Apretó un granate grande que había en la roca y se encendieron mil lenguas de fuego.

Entonces despertaron los Cascos de Oro.

—¿Quién anda por ahí? —preguntó el hombre con la barba de profeta.

—¡Sueco! —contestó el gigante.

—¡Excelente nombre! —dijo Gustav Erikson Vasa, porque era él—. ¿Cuánto tiempo ha pasado?

—Desde el año del nacimiento de Cristo, mil, novecientos y tres.

—El tiempo pasa, y vosotros, ¿habéis progresado? ¿Sois ahora una nación y un pueblo?

—¡Lo somos! Y después de Gustav I la nación ha crecido. Con Jämtland, Häjedalen y la isla de Gotland.

—¿Quién las conquistó?

—Ocurrió durante el reinado de la reina Kristina, pero el que las conquistó fue su tutor.

—¿Y después?

—Conquistamos Escania, Blekinge y Bohuslän.

—¡Cáspita! ¿Quién las conquistó?

—Karl X Gustav.

—¿Y después?

—¡Después, nada más!

—¿Es todo?

Se oyeron unos golpecitos en la mesa.

—¡Erik el Santo pide la palabra! —dijo Gustav Vasa.

—Mi nombre es Erik Jedvarson y nunca fui santo. ¿Puedo preguntarle a Sueco dónde se ha metido mi Finlandia?

—Finlandia se reintegró en Rusia a petición propia presentada por los hombres de la Unión de Anjala y a raíz de la paz de Fredrikshamn de 1809, cuando los finlandeses aclamaron al zar.

Gustav II Adolf pidió la palabra.

—¿Dónde están las provincias bálticas? —preguntó.

—Recuperadas por sus dueños —contestó Sueco.

—Y el emperador, ¿sigue en su sitio?

—Hay dos emperadores, uno en Berlín y otro en Viena.

—¿Dos Habsburgos?

—No, un Habsburgo y un Hohenzoller, y eso es lo que se llama unidad alemana, según dice Bismarck.

—¡Increíble! Y los católicos del norte de Alemania ¿se han convertido?

—No, los católicos son mayoría en el Parlamento de Alemania del Norte, y el emperador de Berlín presiona ahora en el colegio de cardenales para influir en la elección del papa.

—Entonces, ¿sigue habiendo papa?

—Sí, claro que sigue habiéndolo, aunque acaba de morir uno.

—¿Y qué quiere hacer el brandemburgués en Roma?

—No se sabe; algunos dicen que quiere ser emperador romano germánico de la Confesión evangélica.

—Un emperador sincretista, como soñaba Johan Georg de Sajonia. Ya no quiero oír más. Los caminos de la Providencia son maravillosos y nosotros, los mortales, ¿qué somos? ¡Polvo y ceniza!

Karl XII pide la palabra.

—¿Puede decirme Sueco dónde está ahora Polonia?

—Polonia ya no existe. ¡Se la han repartido!

—¿Repartido? ¿Y Rusia?

—Rusia celebró recientemente la fundación de Petersburgo y el alcalde de Estocolmo fue en el cortejo.

—¿Como prisionero?

—No, como invitado. Todas las naciones son ahora un poco amigas; y en China un cuerpo de ejército francés se ha puesto voluntariamente bajo mando de un mariscal de campo alemán.

—¡*Desternillante!* ¿Ahora uno es amigo de su enemigo?

—Sí, nos hemos imbuido del espíritu del cristianismo y hay un Tribunal de Paz permanente en La Haya.

XI

—¿Qué dices que hay?

—Un Tribunal de Paz.

—¡Entonces mi tiempo ha pasado! ¡Hágase la voluntad de Dios!

El rey se bajó la visera del casco y ya no habló más.

Karl XI pidió la palabra.

—Oye, tú, Sueco, ¿cómo andan las finanzas de la vieja Suecia?

—Es difícil de explicar, porque no creo que conozcan bien las normas de la contabilidad. Pero hay un par de cosas seguras; que la mitad del territorio sueco está hipotecado en el extranjero, por una cantidad próxima a los trescientos millones.

—¡Oh, Dios mío!

—Y que las deudas de los municipios ascienden a casi doscientos millones.

—¿Doscientos?

—Y entre los años 1881 y 1885 emigraron 146.000 suecos.

—¡No no quiero oír más!

Gustav Vasa golpea la mesa con el mazo.

—De todo lo que voy entendiendo deduzco que el país no anda muy bien. Sois indolentes, perezosos, envidiosos, lentos para hacer cosas, rápidos para obstaculizar. Pero, dime, Sueco, ¿cómo andan mi Iglesia y mis pastores?

—Los pastores de tu Iglesia son agricultores o ganaderos; los obispos pueden tener unos ingresos de treninta mil coronas y juntan dinero igual que antes de la dieta de Västerås; por lo demás, la mayoría son herejes, o librepensadores, como se dice ahora. Se espera una especie de nueva reforma, no se sabe lo que saldrá de ahí.

—Bueno , bueno. Pero ¿qué música y qué canciones son esas que se oyen allí arriba?

—¡Es Skansen! Es una colina en la que se han reunido todos los recuerdos patrióticos, como cuando uno tiene la sensación del final y hace su testamento y reúne recuerdos del pasado. Muestra respeto por los antepasados, pero nada más.

—Por lo que se ha tratado en esta asamblea anual, parece que las obras y hazañas de nuestros antepasados han sido devoradas por el torrente del tiempo. Unas cosas suben a la superficie, otras se van al fondo. Aquí estamos sentados como sombras de nosotros mismos, y para ustedes, los que viven ahora, no deberíamos ser otra cosa… ¡Apaga la luz!

El Gigante Sueco apagó la luz y salió, seguido, pisándole los talones, por el soldado, al que pidió que entrase en algo parecido a una jaula.

—Si cuentas esto a alguien —dijo el gigante—, te ganas tu desgracia.

—Sí, lo comprendo —contestó Kask—. Pero ¡me acordaré de ello! En todo caso, ¡pensar que se han bebido toda la vieja Suecia y ahora la han empeñado en el extranjero! Si eso es verdad, es ¡realmente espantoso! Es muy peligroso, de ser cierto.

¡Zas!, la turbina hizo un ruido. El ascensor subió con el soldado a lo alto de Skansen. Y allí estaba, en pleno crepúsculo, en el momento en que sonaban las campanas del campanario de Håsjö y Gustav Vasa hacía su solemne entrada en Estocolmo rodeado por sus dalecarlianos.

LICENEA ENCUENTRA LA SAXÍFRAGA DORADA

El hombre rico había ido una vez a la isla pobre y se había enamorado de ella. ¿Por qué? El hombre rico no podía explicarlo, pero estaba como embrujado; quizá aquella isla se parecía a

un olvidado recuerdo de niñez o a un hermoso sueño.

Compró la isla, mandó construir una casa, y plantó toda clase de deliciosos árboles, arbustos y flores. Tenía el mar delante; también tenía un embarcadero privado, con mástil para la bandera y barcos blancos; robles grandes como iglesias daban sombra a la casa, y una refrescante brisa soplaba por praderas verdeantes. Tenía esposa, hijos, criados, animales de carga; tenía todo pero le faltaba una cosa; una cosa insignificante, pero la más importante de todas, se había olvidado de pensar en ella: un manantial. Se cavaron pozos y se barrenó en la roca, pero solo salía un agua marrón y salada. La filtraban, quedaba clara como el cristal, pero seguía estando salada. Esa era su pena.

Por aquellos tiempos llegó una persona elegida por el Señor que había tenido éxito en todo lo que había intentado, y que era uno de los hombres más famosos del mundo. Todos teníamos en la memoria cómo, golpeando la roca con su bastón de diamante hizo, como un nuevo Moisés, brotar el agua. Ahora se iba a perforar con diamante, tal como se había taladrado en otras rocas y sacado agua de todas. Perforaron allí; por cien, por mil, por varios miles de coronas, y lo único que se encontraba era agua salada. Evidentemente aquel no era un lugar bendito, y el hombre rico pronto entendió, sin la menor duda, que, cuando se tuercen las cosas, uno no puede conseguir todo con dinero, ni siquiera un vaso de agua fresca.

Entonces se le agrió el humor, la vida ya no le sonreía. Sin embargo, el maestro de la isla empezó a leer libros antiguos, y mandó a buscar a un hombre sabio que andaba con una vara de avellano, pero no sirvió de nada.

Pero el cura, que era más inteligente, reunió un día a los escolares y estableció un premio para aquel que encontrase una hierba llamada saxífraga dorada de hojas alternas, que señalaba la presencia de una veta de agua.

—Tiene flores como la alquimila y hojas como la saxífraga, que también se llama Rompe-rocas. Y parece que tiene polvo de oro en las hojas superiores. ¡Acordaos de esto!

—Flores como la alquimila, hojas como la saxífraga —repetían los niños; y se lanzaron por bosques y praderas a buscar la saxífraga dorada.

Ninguno de los niños la encontró. Sin embargo, un niño, uno de los más pequeños, vino con una lechetrezna, que tiene algo dorado arriba; pero es venenosa, y no era esa. Y se cansaron de buscar.

Pero había una chiquilla que aún no iba a la escuela; su padre era soldado, dragón por más señas, tenía un pequeño campo y era más

pobre que rico. Su único tesoro era su hijita; y en el pueblo era conocida con el bello nombre de Licenea de Manto Azul porque siempre iba vestida con un jersey azul celeste con amplias mangas que ondeaban cuando se movía. Licenea es, por lo demás, el nombre de una pequeña mariposa azul que se ve en el verano en las briznas de hierba y cuyas alas se parecen a los pétalos de la flor del lino, una flor de lino volante que tiene palpos en lugar de estambres.

Licenea, la hija del dragón, era una niña extraordinaria, hablaba con gran juicio, pero tan extrañamente que nadie sabía de dónde sacaba las palabras. Toda la gente la quería y también los animales; las gallinas y las terneras la seguían, y ella se atrevía a dar palmaditas al mismísimo toro. Solía andar sola, desaparecía y volvía, pero cuando le preguntaban dónde había estado, no podía explicarlo. Sin embargo, tenía muchas cosas que contar. Había visto cosas insólitas, había encontrado ancianos y damas que le habían dicho esto y lo otro. Su padre la dejaba a su aire, porque creía haber notado que había alguien que la protegía.

★

Una mañana, Licenea salió a pasear. Dirigió sus pasos por prados y praderas; iba cantando, sobre todo para sus adentros, canciones que nadie había oído antes y que se le ocurrían. Brillaba en lo alto el sol de la mañana, tan joven como si fuera un recién nacido, el aire se sentía poderoso y bien reposado, el rocío se evaporaba y su húmedo frescor le refrescaba la carita.

Al entrar en el bosque se topó con un anciano vestido de verde.

—Buenos días, Licenea —dijo el viejo—. Soy el jardinero de Claro-Sol. Ven conmigo y te enseñaré mis flores.

—Es un honor demasiado grande para mí —contestó Licenea.

—No, porque tú nunca has atormentado a las plantas.

Y fueron juntos paseando hasta llegar a la ribera. Allí había un bello puentecito que llevaba a un islote y fueron hasta allí.

¡Era un jardín! En él había de todo, plantas grandes y pequeñas, ordenadas como en un libro.

El jardinero vivía en una casa que estaba construida de árboles vivos de hoja perenne,

pinos, abetos, enebros, con su ramaje; el suelo estaba hecho de arbustos siempre verdes y hierbas aromáticas. En las grietas del suelo crecían musgo y líquenes, para que no pasase el agua; los tablones eran de empetro negro, gayuba y flor gemela. El tejado estaba formado por plantas trepadoras, viña loca, madreselva, clemátide, hiedra; y era tan tupido que por allí no se colaba ni una gota de lluvia.

Junto a la puerta había unas colmenas, pero, en lugar de abejas, vivían allí mariposas. Y cuando salían en enjambre era un espectáculo.

—No me gusta hacer sufrir a las abejas —dijo el viejo—. Y además son muy feas: parecen granos de café peludos, y encima pican, como las víboras.

Y salieron al jardín.

—Ahora vas a poder leer en el gran abecedario de la naturaleza, vas a conocer los secretos de las flores y los distintivos de las plantas. Pero no puedes preguntar, solo oír y contestar.

—¿Ves esto, niña?; en esta roca de granito crece algo que parece papel gris. Es lo primero que aparece cuando se humedece la roca. La roca se enmohece; el moho se llama liquen.

Aquí tenemos dos especies diferentes; uno se parece a la cornamenta del reno; se llama por eso liquen de los renos, y es el alimento más importante de ese animal. El otro se llama liquen de Islandia y se parece… ¿A qué se parece?

—Se parece a un pulmón, porque así lo pone en el libro de botánica.

—Sí, así es, si lo miramos con la lupa se parece a los bronquios del pulmón, y por eso los hombres aprendieron a utilizarlo contra las enfermedades del pecho, ¿sabes? Una vez que los líquenes de la roca juntan tierra, salen los musgos. Tienen una especie de flores muy simples y dan semillas; se parecen a las flores de escarcha en los cristales de las ventanas, pero verás que también se parecen al brezo y a las coníferas y a todo lo que quieras, porque todas las plantas forman una sola familia. Este musgo de la pared se parece a un abeto, pero sus semillas están en una cápsula como la de la amapola, aunque más sencilla. Sobre el musgo pronto crece el brezo. Y si miras el brezo con una potente lupa verás un laurel de San Antonio, *Epilobium* en latín, o un rododendro, exactamente como el olmo, que no es más que una gran ortiga. La alfombra de hu-

mus de tierra está completa, y en la tierra crece todo; el hombre se ha hecho con un buen número de plantas para su beneficio, pero ha sido la propia naturaleza la que le ha dado las indicaciones de cuáles coger, y de cómo las debería emplear. Esto no es más extraordinario que las galas y colores que les ha dado a las flores para indicarles a los insectos dónde está el néctar. Tú misma has debido ver la espiga del centeno donde cuelgan los utensilios del panadero, como cartel de panadería. Y si miras el lino, la planta más útil de todas, es ella la que le ha enseñado a hilar al hombre. Basta mirar el interior de la flor, ahí ves la bobina de hilar, allí donde los estambres se enrollan en torno al estilo como la fibra alrededor del huso. Para expresarse con más claridad, la naturaleza ha creado una planta parásita llamada albohol, que trepa por toda la planta de abajo arriba, de atrás adelante, como en el telar. Es extraño que no fuese un hombre, sino una mariposa, a quien primero se le ocurrió que el lino se podía hilar. La mariposa es una tortrícida; y se sirve de las hojas, mezcladas con su propia seda para tejer cubiertas de cuna y sábanas para sus crías. Pero, desde que se ha empezado a cultivar el lino, es lo suficientemente astuta para adaptarse y calcular el tiempo de manera que las crías puedan volar antes de que se coseche el lino.

Y las plantas medicinales, ¡increíbles! Mira esa gran amapola: ¡rojo carmesí como la fiebre y la locura! Pero en el fondo de la flor hay una cruz negra; es la etiqueta de veneno del farmacéutico. Y en mitad de la cruz hay un jarrón romano estriado. Cuando se hacen cortes en esas estrías fluye el medicamento que, mal usado, puede llevar a la muerte; pero que bien usado proporciona sueño, el bondadoso hermano de la muerte. Sí, así de sabia y generosa es la naturaleza. Pero vamos ahora a ver la saxífraga dorada.

Ahí hizo una pausa para ver si Licenea era curiosa. Pero ¡no lo era!

—Ahora vamos a ver la saxífraga dorada.

¡Otra pausa más! No, Licenea podía guardar silencio, a pesar de ser tan pequeña.

—Ahora vamos a ver la saxífraga dorada de hojas alternas, que tiene las flores de la alquimila y las hojas de la saxífraga. Esas son sus características; y nos dice dónde está el manantial. La alquimila reúne rocío y agua en sus hojas, es pues un pequeño manantial; pero la saxífraga hace estallar la roca. Sin roca no hay fuente, pero la roca puede estar lejísimos. Esto es lo que dice la saxífraga dorada a los que entienden. Crece aquí, en la isla, y tú vas a conocer el lugar, porque tú eres buena. De tu manita el

hombre rico recibirá el agua pura para su alma seca y, gracias a ti, esta isla será bendita. Vete en paz, hija mía. Cuando entres en el bosque de avellanos encontrarás a la derecha un tilo plateado; debajo hay un lución que no es peligroso. Él te enseñará el camino hasta la saxífraga dorada. Pero, antes de marcharte, le vas a dar un beso a este anciano; eso, claro, si tú quieres.

Licenea acercó su boquita al anciano y lo besó. Entonces el rostro del anciano se transformó y, allí estaba, cincuenta años más joven.

—¡He besado a un niño, y eso me ha dado la juventud! —dijo el jardinero—; y no me debes ningún agradecimiento. Adiós.

Licenea fue al campo de avellanos. Allí susurraba el follaje del tilo plateado y, además, los abejorros zumbaban en las flores del tilo. Allí estaba ciertamente el lución, que parecía algo recubierto de cardenillo.

—Vaya, aquí está Licenea, que va a conseguir la saxífraga dorada —dijo el lución—. La vas a tener, pero con tres condiciones: no ser indiscreta, no mentir, no ser curiosa. Y ahora sigue todo recto y encontrarás la saxífraga dorada.

Licenea siguió todo derecho y se topó con una señora.

—Buenos días —dijo la señora—. ¿Has estado con el jardinero de Claro-Sol?

—Buenos días, señora —contestó Licenea sin detenerse.

— Al menos no eres indiscreta —dijo la señora.

Luego se encontró a un gitano.

—¿Adónde vas? —preguntó el gitano.

—Voy todo derecho —contestó Licenea.

—Tú sí que no mientes —dijo el gitano.

Después se encontró con un lechero. Pero no llegaba a entender por qué el caballo iba montado en el carro y el lechero, enganchado a las varas, tiraba de él.

—Ahora me encabrito —dijo el lechero y se echó a correr de tal manera que el caballo se cayó a la cuneta—. Y ahora voy a regar el centeno —dijo el lechero y, destapando una botella de leche, se puso a regar el campo.

Licenea pensó que era muy raro, pero no dijo nada y siguió su camino.

—Tampoco eres curiosa —dijo el lechero.

Y Licenea se encontró entonces al pie de una montaña; el sol brillaba a través de los avellanos, en un verde filamento de la jugosa planta que resplandecía como el oro más puro.

Allí estaba la saxífraga dorada; Licenea vio cómo la veta de agua descendía de la montaña hasta el prado del hombre rico.

Entonces se arrodilló y cogió tres saxífragas doradas, que escondió en su delantal; y con ellas regresó a casa de su padre.

El dragón se puso el casco, el sable y la casaca, y fueron a ver al cura. Luego siguieron los tres a la casa del hombre rico.

—Licenea ha encontrado la saxífraga dorada —dijo el cura nada más llegar a la puerta del salón—. Y ahora somos ricos, sí, todo el pueblo es rico, porque esto será un balneario.

Y se hizo el balneario; vinieron vapores y comerciantes; construyeron una posada con restaurante, hubo oficina de correos, médico y farmacia. En el pueblo los veranos corría el oro, y esta es la historia de la saxífraga dorada, una planta que podía hacer oro.

ÍNDICE

En tiempo de verano 9

El gran cedazo para grava 30

El dormilón 39

Las tribulaciones del práctico 51

Fotografía y Filosofía 73

Medio pliego de papel 79

Cuando el papamoscas llegó al espino cerval 100

Los secretos del secadero de tabaco 118

La leyenda de San Gotardo 128

Yúbal sin yo 147

Los cascos de oro de Ålleberg 163

Licenea encuentra la saxífraga dorada 179

Esta edición de *Cuentos*,
compuesta en tipos Bembo 11/13,5 sobre papel
Munken Lynx de 130 gramos, se acabó de imprimir
en Madrid el día 6 de febrero de 2012
aniversario del nacimiento de
Charles Dickens